ROTBUCH KRIMI

Tony Fennelly, vierzig und irgendwas, lebt in New Orleans, hat unter anderem als Bardame, Stripperin in der Bourbon Street und als Sozialpädagogin gearbeitet. *Mord auf der Klappe* erhielt 1987 eine Edgar-Nominierung für den besten Erstling. Es folgten *Bärendienst* (1989) und *Robins Hochzeit* (1991). 1993 erschienen die drei Matty-Sinclair-Stories in einem Band. Margo Fortier ermittelte zum ersten Mal in *Der Hippie in der Wand* (1992).

Zu diesem Buch: Margo Fortier, Tony Fennellys Serienheldin aus der sonnigen Hölle von New Orleans, ist kein braves Mädchen. Als sie noch strippte, hieß sie Cherry, lernte, daß alles seinen Preis hat, und lebte nach der Devise *Wer sich nicht wehrt, lebt verkehrt.* Nur eine Ausnahme machte sie: bei Dennis McMurtry. Er schenkte ihr einen Verlobungsring, schickte aus Vietnam kleine Präsente und hinreißende Briefe und war plötzlich tot. Leider hinterließ er gleich sechs trauernde Stripperinnen mit umfangreicher Korrespondenz und kleinen Präsenten. Und ein paar alte Kameraden mit dem unstillbaren Bedürfnis, den Trauernden zur Seite zu stehen. »Man sollte auf alles gefaßt sein, wenn man Tony Fennelly zu lesen anfängt …« *Süddeutsche Zeitung*

TONY FENNELLY
HURENGLANZ

Aus dem Amerikanischen
von Sigrid Ruschmeier

Rotbuch Verlag

Originaltitel: Cherry

Die Krimi-Reihe wird herausgegeben von Gabriele Dietze
Umschlaggestaltung von Theres Weishappel
Satzbearbeitung von Satzinform, Berlin

ISBN 3 88022 107 3

1

Bourbon Street, Januar 1990

Die Frau saß mir am Tisch gegenüber und hatte Depression in den Karten, nur Schwerter. Das Blatt hätte ich meinem ärgsten Feind nicht gewünscht. Sie sah mich trübe an, noch deutlicher stand ihr die Depression ins Gesicht geschrieben.

»Geben Sie mir Ihre rechte Hand.« Sie stellte ihr Glas hin und streckte sie mir ängstlich entgegen. Die Hand war schlapp und kraftlos, die Lebenslinie zerfleddert.

»Bis dreißig waren Sie berufstätig. Und dann?«

»Und dann?« Schlaffer Mund, graues Haar. »Ich war Malerin. Aber er wollte, daß ich aufhöre.«

»Fangen Sie wieder an.« Ich legte ihr die Hand zur Faust zusammen und schob sie zurück. »Bringen Sie neuen Schwung in Ihr Leben, oder Sie werden bald in die Betty Ford eingewiesen.«

»Ich kann ...« Sie sah sich um und begriff, daß ihre Sitzung zu Ende war; ein weiteres Designergewand lauerte im Hinterhalt. Sie nahm ihr Glas. »Danke schön, Mrs. Fortier. Ich werde gründlich über alles nachdenken.«

Sie stand auf, die andere saß.

»Mrs. Fortier«, flüsterte sie und beugte sich vor. »Das war die Frau von Senator Vidrine. Sie haben ihr praktisch gesagt, sie soll ihren Mann verlassen.«

»Sollte sie auch. Er liebt sie nicht, so wahr ich hier sitze.«

»Woher wissen Sie das?«

Ein geliebtes Eheweib wird nicht fett und grau und trinkt Scotch mit nur einem Eiswürfel. Aber das konnte ich schlecht sagen.

»Ich kann hellsehen.«

Kann ich natürlich nicht. Aber ich nehme zu diesen Partys immer Tarotkarten mit. Als Eisbrecher. Dann kann ich den gutgenährten Tussis was über ihre Zukunft erzählen, und sie erzählen mir, was ich wissen will. Soviel, daß ich drei Spalten pro Woche auf der »Lifestyle«-Seite füllen kann.
Die hier hatte hauptsächlich Münzen in den Karten. Stank nach Geld. Das war ihr Karma, und sie hatte keinen Finger dafür krümmen müssen. Die Tochter von Jemandem, die Gattin von Jemandem, die Mutter von Jemandem. So leicht ist das.
Ich bin selber Jemand, aber leicht war das nicht.
Die Republikaner von Louisiana hatten sich für diese Festivität das Royal Sonesta ausgesucht – in der törichten Hoffnung, daß es ihnen ein bißchen Stil verleihen würde. Angesichts ihrer Defizite war das vergebliche Liebesmüh. Die meisten Männer waren heftige Trinker und ihre Gesichter röter als ihre Krawatten, und die Damen hatten mehr Gold im Gebiß als im Ausschnitt. Das Mahl bestand aus Partyschnittchen ohne Kruste und mit soviel Mayonnaise, daß wir alle von hier bis zum Golf glitschen konnten.
Die Krönung des Büfetts war eine kitschige Skulptur aus Eiscreme, ein Elefant mit Alligatorschwanz: der berühmte »Elegator«, bei dem auf dem letzten Parteitag allen einer abgegangen war.
Meine – freiwillig übernommene – Aufgabe bestand darin, über diesen jämmerlichen Haufen einen Artikel zu schreiben, daß auf dem Papier die Funken nur so sprühten.
Wenn die »Vics« und »Nat'lys« am Donnerstagmorgen die Klatsch- und Tratschseiten aufschlagen, können sie nachlesen, wie oberaffengeil sich die schicksten, schillerndsten, aufregendsten Jetsetter mal wieder amüsiert haben. Und wichtiger: Wenn die öden Figuren hier meine Spalte über diese Totenwache lesen, glauben sie am

Ende selbst, daß sie einer wundersamen Erfahrung teilhaftig geworden sind.
Die reichen Blaublütigen von New Orleans wissen nichts und besitzen alles. Wenn man mitmischen und gewinnen will, muß man sich unter unter sie begeben. Denn Geld heckt Geld.
Und: »Hast du nichts, bist du nichts.«
Das hat mir vor Jahren einmal eine sehr kluge Frau gesagt.
Ich sah meinen Freund Joe Gable durch die Räume wieseln. Er versuchte den örtlichen Geldsäcken die Vorzüge einer republikanischen Regierung zu verticken. (Viel Glück.) Als ich mit Kartenlesen fertig war, steckte er bis zum Toupet in einem Gespräch mit Seiner Eminenz Reverend Larry Mayhew.
Ich schlenderte hinüber. »Hallo, Joe, mein Junge. Da hast du ja zur Feier des Tages eine illustre Gesellschaft zusammengekriegt.«
»Ah, die rasende Klatschreporterin!« Er tätschelte mir wohlwollend die Schulter. »Warum zückst du nicht den Stift und schreibst einen Artikel über unseren Reverend hier?«
Ich trat einen Schritt zurück. »Über seine Bücherverbrennungen vielleicht? Oder seine Angriffe auf die Meinungsfreiheit? Das wär der Knüller.«
Der Reverend strahlte wie kurz vor der Kernschmelze.
»Wie wär's mit der Rückbesinnung auf traditionelle Werte wie zum Beispiel die Familie?«
»Dem Mythos des Patriarchats ...«
»Und der Ausbreitung der Geschlechtskrankheiten?«
»Dem Segen der Unwissenheit ...«
»Macht mal Pause, Jungs und Mädels.« Joe trat zwischen uns. »Hebt euch die Debatte für ›Crossfire‹ auf. Heute abend wollen wir uns amüsieren. Waffenstillstand?«
»Na, warum nicht?« Ich hielt Mayhew die Flosse hin.

»Ich werde ein paar Kerzen für Sie anzünden, Reverend.«

»Und ich bete für Ihr Seelenheil, Mrs. Fortier.« Er nahm die Hand aus der Jackentasche und schüttelte meine. »Jesus liebt auch Sie.«

»Aber ja doch.«

(Die Hälfte aller Männer in dieser Stadt haben mich irgendwann einmal geliebt. Warum nicht auch Jesus?)

Ich ging wieder zum Büfett.

(Andererseits, die Stadt ist klein.)

Ich nahm mir ein müdes Sandwich. Aber es lohnte sich nicht, für die welke Kreation die Geschmacksnerven zu verstören. Ich ließ sie leben.

Ich bezog einen günstigen Beobachtungsposten am Fenster und betrachtete die Anwesenden; dreihundertundfünfzig stolze Amerikaner hatten hundert Dollar pro Nase für das Privileg hingeblättert, »mit bekannten und berühmten politischen Persönlichkeiten« Mayonnaise zu schlecken. Unsere meistbesungenen »Berühmtheiten« waren: der reaktionärste Radiomensch in New Orleans, ein Nebendarsteller aus »L.A. Law«, der seinen Part zur Hauptrolle aufpeppen will und dafür sogar zur Eröffnung eines Testaments gehen würde, und die Seifenopernzicke Phyllis Havens.

Ich kenne Phyllis aus Boston, wo sie unter einem wahnwitzig exotischen Namen strippte. Dem Herrn sei Dank erinnert sie sich nicht an mich. Ich werde sie allerdings nie vergessen.

Einen Moment später spürte ich Joe wieder neben mir, er nahm mich am Arm und lotste mich sanft durch die Verandatür auf den Balkon, und ich ließ es geschehen, weil mir langsam heiß wurde. Auf ungute Weise. In der Suite waren zu viele Körper.

Es war ein für den tiefen Süden typischer Januar, aber immer noch Januar und kühl genug, daß ich meinen Nerz spazierentragen konnte, ohne mich total lächer-

lich zu machen. Allzuviele Abende wie diesen hier kriege ich nicht. Ich ließ das gute Stück von den Schultern gleiten.
»Na, wie findest du es?« schwärmte Joe. »Wir haben den feurigen Fernsehevangelisten hier, Miss Havens und den Typ aus ›L.A. Law‹. Das sollte doch für ein paar Zeilen gut sein.«
»Eine Balkenüberschrift zumindest.« Ich fuhr mit den Händen über das kühle gußeiserne Geländer und betrachtete Lulu White's Mahagony Hall auf der anderen Straßenseite. Als ich 1969 zum ersten Mal einen Blick auf das Etablissement geworfen habe, ging es gerade in sein letztes Jahrzehnt als Paddock Lounge. Damals hatte es noch nicht sein schräges Dreißiger Jahre-Dekor. Es klammerte sich stur an die fünfziger, war aber echt.
»Wie wär's mit einem Foto unseres Kandidaten? Damit würdest du ein wenig visuelles Interesse erregen.«
»Sieht dein Kandidat wie Whitney Houston oder Tom Cruise aus?«
»Nicht direkt.«
»Vor allem nicht von nahem. Wie ich dich kenne, rührst du immer noch die Trommel für deinen schieläugigen Treens.«
»Nun mal halblang. Dave Treens ist als erster Republikaner seit dem Bürgerkrieg zum Gouverneur gewählt worden. Er hat's drauf.«
»Er hat drauf, was man in diesem Staat zum Gouverneur braucht: Haar. In Baton Rouge kann jeder hirnlose, kriminelle, in Schimpf und Schande gefallene Mann einreiten, aber kein Glatzkopf.«
Er schüttelte den Kopf. »Okay, Margo, laß gut sein. Wir sind nun mal hoffnungslos entgegengesetzter Meinung. Tut mir leid, daß ich dich hier rausgeschleppt habe.«
»Schon gut, ich hab nur gerade meine fiesen fünf Minuten.« Ich tätschelte ihm das Bäuchlein. »Ich bin dir

sogar dankbar, daß du mich hier rausgeschleppt hast. Denn erstens habe ich eine Hitzewallung, und zweitens kann ich in der Aristokraten-Szene hier vielleicht dreimal intensiv Konversation machen, allerhöchstens, dann bricht meine natürliche Vulgarität durch. Mir rutscht ein ›Scheiße‹ oder ›Arschloch‹ raus, und das war's dann.«

Mit dem Rücken zur Abendbrise hockte Joe sich auf das Geländer.

»Erstens: Ich wußte gar nicht, daß du so alt bist. Zweitens: Wieso mußt du dich bei den vornehmen Reichen verstellen? Das ist Ihre Szene da drin, Mrs. Julian Fortier.«

»Geboren bin ich nicht mit dem Namen.«

»Mit irgendwas bist du aber geboren. Du hast doch schon in dem Riesenhaus an der Piety gewohnt, als wir an der Loyola studiert haben.« Der Wind wehte kühler, Joe schlug sich den Kragen hoch und verschränkte die Arme vor der Brust. »Erzähl mir nicht, du hättest es dir im Schweiße deines Angesichts erarbeitet.«

»Nein, das war... eine Erbschaft.«

»Hör mal, Margo.« Er grinste. »*Das* wär doch eine Story für dich.«

»Was?«

»Du selbst.« Joe legte den Kopf zurück, als betrachtete er ein Bild zum Einrahmen. »Yankeemädchen kommt aus dem Nichts und heiratet in die erste Familie von New Orleans.«

Ich schüttelte meine Locken und rieb das Kinn am Kragen des Nerzes.

»Die Story ist nicht druckreif.«

2

Bourbon Street, Juli 1970

Immer wenn ich anderen Frauen erzähle, ich bin Stripperin, verziehen sie zuerst das Gesicht und sagen: »Oooh!« Dann sehen sie mich mitleidig an.
»Aber es gefällt dir doch nicht, oder?«
Also sage ich: »Klar gefällt es mir. Warum nicht? Da kann ich mich in der Öffentlichkeit mal ausziehen.«
Dann schauen sie angeekelt drein. »Es mögen« ist schlimmer als »es tun«. Sie verstehen mich nicht, und ich verstehe sie nicht.
Jedes gesunde Mädchen mit Blut in den Adern müßte es doch Spitze finden, in einem Leopardenfummel einherzustolzieren, und jeder Typ in der Bar findet sie toll! Im Scheinwerferlicht bin ich wer, und die Männer wollen mich. Solange *ich* auf der Bühne bin, starren die schwitzenden Touristen in den komischen Hemden nicht in ihre Hurricanes. Ich gebe immer mein Bestes.
Rings um die Bühne bei Madame Julie's sind leuchtend pinkfarbene und lavendelblaue Lampen im Boden. Dahinter ist ein getönter Spiegel. In dem Spiegel bin ich hübscher als im wirklichen Leben.
Und da drin sah ich in meiner Zehn-Uhr-Show auch diesen total fertigen Typen. Ein kahlköpfiger Gast am Ende des Tresens glotzte mich so intensiv an, daß sein Adamsapfel die ganze Zeit über seiner Fliege zuckte. Dann sprach er leise und verschwörerisch mit Pete, dem Barmann, was ich aber nicht verstehen konnte, weil drin die Musikbox »I'll Just Walk Away« dröhnte und draußen der Türsteher brüllte, die Tür aufriß und mit den Armen in meine Richtung wedelte.
»Vorhang auf! Auf der Bühne die süße kleine Cherry! Immer hereinspaziert! Sehen Sie, wie sie mit ihrer Spar-

dose wackelt! Kein Extra-Eintritt! Bestellen Sie einen Drink und sehen Sie die ganze Show!«
Der Typ glotzte mich so an, daß ich dachte, der steht echt auf mir, also tanzte und lächelte ich und ließ meine Handschuhe flattern und hatte einen Mordsspaß, ihn anzumachen. Aber bevor ich zu Ende getanzt hatte, schob der Glatzkopf seinen Arsch zur Tür hinaus. Nachdem er schon eine ganze Weile weg war, winkte Pete mich zu sich. Ich mußte mich über die Rampenlichter beugen, damit ich ihn verstehen konnte.
»He, Cherry. Kennst du den Typen, der gerade gegangen ist?«
»Hm-m. Warum?« Mittlerweile spielte mein fünfter Song, »Mood Indigo«, und ich war beim G-String und den Tattoos angelangt.
»Der hat hier rumgetönt, er wollte dich umbringen.«
»Verdammte Scheiße! Mich *umbringen?«* Meine Titten hingen über den Zapfhähnen und sahen aus wie häßliche Eistütchen. Ich verschränkte die Arme davor. »Warum denn? Ich hab den Typ noch nie gesehen!«
»So richtig wußte er es selbst nicht.« Pete nahm einen Lappen und fing an, ein Eisglas zu polieren. »Sagt, sein einziger Sohn ist gerade vor Phnom Penh von einem Vietkong-Scharfschützen umgenietet worden, und jetzt ist ihm alles scheißegal. Er hätte dich genausogut umlegen wie anglotzen können, sagt er. Wahrscheinlich war es nichts Persönliches.«
»Hatte er ne Knarre?«
»Woher soll ich das wissen? Ich hab ihn ja gerade erst kennengelernt.«
»Na ja, meinst du nicht, da sollte sich mal jemand drum kümmern? Immerhin wollte er mich umbringen!«
»Na und? Hat er's getan?«
»Mood Indigo« war fast zu Ende, und ich sah, wie Kathy hinter dem Vorhang ihre Platten drückte. Ray, der Manager, war stinkwütend, weil ich meine Show unter-

brochen hatte. Die Kunden kommen nicht angerannt, um zu sehen, wie wir Mädchen mit dem Barmann quatschen. Ich drehte mich noch einmal den Zuschauern zu, pickligen Rekruten aus Fort Polk, wackelte mit allem, was ich hatte, und kreiselte von der Bühne.

Kathys erste Platte, »Autumn Leaves«, plumpste auf den Plattenteller, und sie schlich raus, um sich ihrem Publikum in einem blauen, durchsichtigen Pyjamaoberteil zu präsentieren, einem alten Fetzen, den Ray immer für die Bräute vorrätig hat, die einfach so reinschneien und einen Job suchen, aber kein Kostüm haben. Das Pyjamaoberteil kostet drei Kröten Miete pro Auftritt.

Kathy paradierte herum wie die Maikönigin. Mehr brauchte sie auch gar nicht zu tun, damit die Touristen sich draußen vor der offenen Tür stauten. Sie ist eine verkiffte alte Kuh, hat aber die größten echten Titten auf der Bourbon Street.

In der Garderobe auf dem kleinen Sofa kuschelte sich Linda unter eine Decke. Sie ist so winzig, daß sie ganz auf das Sofa paßt. Mit geschlossenen Augen und zusammengekrümmt vor Schmerzen sah sie noch winziger aus. Mindestens vier Tage im Monat hat Linda so schlimme Krämpfe, daß sie sich zwischen den Auftritten hinlegen muß, aber sie ist unsere Hauptattraktion, also verlangt Ray, daß sie trotzdem arbeitet. Und Nein kann sie auch nicht sagen, denn Ray ist ihr Ehemann.

An dem Abend arbeiteten fünf Mädchen, was bedeutete, daß jede Show ungefähr zwölf Minuten dauerte. (Außer Kathys. Sie drückt mit Absicht die kürzesten Songs, so daß ihr Auftritt nie länger als zehn Minuten währt. Und mit den Titten kann sie es sich leisten.) Ich hatte also eine Dreiviertelstunde bis zum nächsten Auftritt, Zeit genug, mein Minikleid überzustreifen und was zu essen zu kaufen.

Ich schaute in den Spiegel, der über die ganze Wand

reichte. Meine platinblonde Lockenperücke war zerzaust, und ich mußte mich mit der Drahtbürste durchkämpfen. Außerdem waren mir die Wimpern am rechten Auge abgegangen, und ich mußte sie abziehen, meinen OP-Kleber vorkramen und sie wieder drankleistern. Dann tupfte ich mir Ivory Covergirl drauf. Angeblich sieht man dann meine Akne nicht mehr, und ich sehe aus wie Cheryl Tiegs, das Mädchen auf der Reklame.

Als ich wieder vorzeigbar war, hatte Linda die Augen offen. »Willst du was vom People's Grocery? Aspirin?« fragte ich sie.

»Aspirin?« Sie sprach wie ein kleines Kind. »Ray hat mir ein paar Percodan besorgt, und selbst die helfen nicht ... Wie soll Aspirin ...?« Sie brach ab, weil sie gesagt hatte, was Sache war, ohne daß sie Atem für einen ganzen Satz vergeuden mußte. »Cherry? Meinen BH, bitte ...«

»Klar, Süße, ich hol ihn.« Linda war nach Kathy an der Reihe, und wenn sie zu spät auf die Bühne kam, war die Hölle los. Ray erwartet von ihr, daß sie uns anderen mit gutem Beispiel vorangeht.

Ich holte ihr Kostüm, alles aus rotem Satin und mit Pailletten besetzt. Sie hat den Outfit in Dallas schneidern lassen und mehr als dreihundert Lappen dafür gelöhnt, damit auch ja kein Zweifel daran besteht, wer hier das Stargirl ist. Ich half ihr von der Couch und hakte ihr den BH zu, während sie sich den Slip über den G-String zog.

»So'n Kahlkopf da draußen wollte mich umbringen«, sagte ich, um sie aufzumuntern und von ihren Schmerzen abzulenken.

»Was hast du gemacht? Ihn ausgeraubt?«

»Ausgeraubt? Splitternackt von der Bühne aus?«

»Er muß doch einen Grund gehabt haben, wütend auf dich zu sein.«

»Nein, es war nichts Persönliches.«
»Na ja, wenigstens etwas.«
Linda ist seit fünf Jahren auf der Straße, seit sie siebzehn ist und mit einem gefälschten Ausweis angefangen hat. Jetzt ist sie die beste Tänzerin im Club und wirklich erste Sahne, wenn man ihr nicht ins Gesicht schaut, aber das tut bei Madame Julie's sowieso niemand.
Von den Percodan war ihr schwindlig, und sie schwankte ein bißchen und klammerte sich aus Leibeskräften an mich, während ich ihr die Nylonschleier an der Hose befestigte.
»Bock, Bock, Linda! Schaffst du es?«
Ich fragte nur, um zu fragen. Ob sie es schaffte oder nicht, für das zahlende Publikum würde sie mit einem gigantischen Lächeln auf der Bühne da draußen tanzen und ihren Allerwertesten schwenken.
Sie tat mir so was von leid. Ein Mädchen mit einem bißchen Grips im Kopf würde doch heiraten, um von der Bourbon Street wegzukommen, nicht, um in der Falle sitzen zu bleiben.
Ich weiß, ich schaffe es, auszusteigen. In sechs Monaten bin ich Mrs. Chief Warrant Officer Dennis McMurtry: Offiziersgattin. Ich reise mit Dennis durch die ganze Welt, wohne auf Militärstützpunkten, kaufe in PX-Läden ein und kriege kostenlose medizinische Versorgung. Wahnsinn!
Bevor ich zum Einkaufen loslief, setzte ich mich hin und las seinen letzten Brief noch einmal.
»Margaret, mein Liebling! Hier in Bien Hoa hab ich nichts anderes zu tun, als zehn Stunden am Tag meinen Vogel zu fliegen, immer wieder Deine Briefe zu lesen und von dem Tag zu träumen, an dem ich endlich wieder in New Orleans bin und Dich als meine Braut heimführe ...«
Das war immer der beste Teil. Die Worte über Liebe und Heirat. Ich führte mir den Anfang noch dreimal zu

Gemüte, ehe ich weiterlas: »Die anderen Burschen in meiner Crew kommen jeden Abend auf meine Stube, um sich Dein Poster anzusehen. Auf *die* warten zu Hause keine Showgirls. Die Wichser tun mir richtig leid.«

Die armen einsamen G.I.s konnten nur träumen, genau wie die Gäste vor der Bühne. Und die Vorstellung, daß sie von mir träumten, war nicht schlecht.

Im P.S. schrieb er: »Mein Bordschütze Rudd hat auf sein MG gemalt: ›Erst mal alle umlegen! Gott erwählt die Richtigen!‹ Total abgefahren!«

Als ich bei den Küssen am Ende der Seite angekommen war, waren Kathys zehn Minuten vorbei, und sie war wieder in der Garderobe und atmete mir über die Schulter.

»Haste'n da, Cherry? Wieder'n Brief von deinem Hubschrappschrapp-Piloten?«

»Klar.« Obwohl ich saß, fühlte ich mich riesengroß. »Er schickt fast jeden Tag einen.«

»Warum nicht? Es kostet ihn ja keinen müden Dollar.« Sie zeigte mit ihrem unlackierten Fingernagel auf die Stelle, wo normalerweise die Briefmarke klebt. »Er muß ja nur ›Frei‹ drauf schreiben.«

»Seine Gefühle, die zählen. Er sagt: ›Mein Liebling ...‹«

»Oh, bitte, bitte, bitte, lies das Scheißding nicht noch mal vor. Ich kann das Gesülze in- und auswendig.« Sie ließ das Miet-Pyjamaoberteil auf den Tisch fallen und nahm ihre Jeans. »Seit du hier bist, redest du über nichts anderes.«

»Wenn eine Frau einen Mann liebt, worüber redet sie dann sonst?«

»Aber verdammte Kacke, nach zwei Monaten weiß ich alles über den Typ außer, wie groß sein Schwanz ist.«

»Ungefähr ...«

»Verschon mich!«

»Ich hab auch Fotos. Hier, guck.« Ich zeigte ihr das al-

lerneueste. Ich hielt es an dem weißen Rand, damit es nicht verschmierte. »Siehst du das Poster, das er in seiner Blechhütte aufgehängt hat?«
Sie nahm das Foto und patschte mit ihrem schmierigen Daumen mitten drauf.
»Sieht aus wie du, Cherry, in deinem ausgeleierten Stütz-BH und dem Tanga.«
»Siehst du? Dennis hat mich direkt überm Bett und sagt mir jeden Abend gute Nacht.«
»Ich wette, die ganze Scheißkaserne sagt dir gute Nacht. Mit der rechten Hand.« Sie gab mir das Foto zurück, kletterte in ihre Jeans, und ich mußte sehen, wie ich den Daumenabdruck wegkriegte.
Ich wischte mit meinem Handtuch daran herum.
»Warum soll Dennis denn nicht stolz auf mich sein? Er will ja, daß seine ganze Crew weiß, was für eine heiße Braut er kriegt.«
Kathy bürstete sich ihr langes, wunderschönes glattes Haar. Von wegen Perücke. (Ich gäbe alles für natürlich glattes Haar.) Sie warf die Bürste hin.
»Du glaubst doch nicht im Ernst, daß der Kerl dich heiratet.«
»Ich weiß, daß er mich heiratet.« Ich hielt meinen herrlichen Verlobungsring mit dem Diamanten hoch. Nur für den Fall, daß sie den bis jetzt übersehen hatte. »Ein Mann schickt einem Mädchen keinen Ring, wenn er sie nicht heiraten will. Das wär doch widersinnig.«
»Hast du ihn schätzen lassen?«
»Natürlich nicht.«

Daß Dennis in mein Leben trat, war reines Glück. Vor ein paar Monaten wanderte er in Papa Joe's, als ich hinter dem Tresen stand. Wir hatten eine Menge gemeinsam, zum Beispiel mochten wir beide die Nitty Gritty Dirt Band, also verbrachten wir die Nacht zusammen. Damals dachte ich nicht weiter darüber nach, aber zwei

Monate später schrieb er mir aus Vietnam, daß er sich in mich verliebt hätte. Und jetzt sind wir wahrhaftig verlobt.

Betty schleppte eine Tüte Flußkrebse an, breitete eine Zeitung als Platzdeckchen aus und ließ die Hälfte der Viecher draufplumpsen. Heißhungrig fiel sie darüber her, brach gekonnt die Schwänze ab und saugte die Köpfe aus. Ich hatte mir eigentlich einen Corndog besorgen wollen, besann mich aber umgehend eines besseren.

»He, verkaufst du mir ein paar von den Krabbelkäfern?«

»Hm.« Sie wog den potentiellen Profit gegen ihren grenzenlosen Appetit ab. »Ein Dutzend für einen Dollar.«

»Abgemacht.« Ich wühlte den Schein aus meiner Handtasche, und Betty zählte die Krebse so sorgsam ab, als nehme sie Abschied von ihren Kindern. Fast immer, wenn ich Betty sehe, ißt sie. Und bleibt trotzdem dünn. Der Herr muß sie lieben.

Als ich durch die Bar ging, spielte Lindas dritte Platte, »Night Train«, und sie schwankte im Takt. Das Problem war nur, daß das Schwanken nicht zu ihrem Auftritt gehörte. Gut, daß Ray gerade damit beschäftigt war, eine neue Papierrolle in die Kasse einzulegen. Er merkte nichts.

Auf der Straße war *ich* das einzig Interessante. Fast alle nahmen die süße kleine Cherry wahr, wie sie mit ihrer platinblonden Perücke daherschlenderte. Ein Blick, und sie wußten sofort, daß sie ein Showgirl war. Wahrgenommen zu werden, darum geht's.

»Haste'n bißchen Kleingeld?«

Ein Hippie in zerrissener Jeans und Lederweste mit Fransen torkelte mit ausgestreckter Hand auf mich zu. Ich wußte, daß er einer von Kathys Pillenwerferkum-

peln war und nach seinem Lieblingsessen »Redbird« hieß. Die Hand konnte verdorren, bevor ich da was reinwarf. Aber ich blieb cool.
»Hab selbst keine Kohle, Mann.«
»Au, Scheiße! Ich brauch wirklich ne neue Dröhnung, capito? Aber alles klar, nur keine Panik.« Er machte das Peace-Zeichen und schaute sich nach einem anderen Opfer um.
Das ist das Problem heute im Quarter: Redbird und seinesgleichen verscheuchen die Touristen. Hunderte von Hippies leben auf der Straße und schnorren den ganzen Tag die Leute an. Dann verdrücken sie für dreißig Cents drüben bei Buster Holmes einen Teller rote Bohnen und Reis, setzen sich auf den Bordstein unter eine Straßenlampe und lesen ihr Undergroundblättchen, *Nola Express*.
Seit Monaten läuft das Geschäft hier mau. Manche sagen, wegen der Hippies. Manche, wegen der Republikaner.
(Ich bin nicht schuld. Ich habe Humphrey gewählt.)
Direkt neben Madame Julie's ist das Chez Parée, wo ich letztes Frühjahr gearbeitet habe, nach Misty Lamour, der bestbezahlten Stripperin auf der Straße. Misty hüpft und dreht sich durch die ersten beiden Lieder und strippt bis auf den String und die Tattoos. Beim dritten Song nimmt sie ein Schaumbad in einem riesigen Champagnerglas und räkelt und windet sich am Ende zu einem schnellen Schlagzeugbeat auf einer Couch.
Sie ist eine ziemlich gute Tänzerin, aber ihre phantastische Anziehungskraft verdankt sie dem Silikon. Ihre Möpse sind auf Grapefruitgröße aufgeblasen und so hart, daß sie nicht mal wackeln, wenn sie tanzt. Ich wette jede Summe, auf dem Bauch schlafen kann sie nicht. Aber sie ist ein Star und macht fünfhundert die Woche, also lohnt es sich.
Ich blieb unter der Markise stehen und schaute mir Mi-

stys Riesenplakate an. Colorierte Schwarzweißfotos. Man muß schon genau hingucken, um die Narben unter ihren Brüsten zu erkennen, aber die Mühe mache ich mir immer.

Steif und mit gesenktem Kopf stand der Türsteher vor dem Silver Frolics und verkündete hauptsächlich sich selbst: »Größe hundert, Doppel-D. Die größten Titten, die ich seh.«

Die Zeile leiert er Nacht für Nacht vor sich hin. Eine glatte Lüge. Kein Mädchen in seiner Show hat mehr als ein schlaffes C. Aber das ist seine Masche, und wahrscheinlich hält er sich noch für einen Dichter.

Ich blieb vor dem Schaufenster von Lana's Boutique stehen und warf einen Blick auf die Kollektion schäbiger, überteuerter G-Strings und Tattoos, in denen sich ein Showgirl weder tot noch lebendig erwischen lassen würde. Die sind für die Touristen, als Geschenk für die Frau zu Hause.

Aber es ist mein Lieblingsladen, weil er bis zwei Uhr nachts aufhat. Wenn mich also ein Matrose oder ein G.I. nach der Arbeit ausführt, lotse ich ihn einfach in Lana's Boutique und gebe ihm die Gelegenheit, mir ein hübsches Kleid zu kaufen. Ergreift er sie nicht beim Schopfe, wird es eine kurze Nacht.

Aber so was mach ich jetzt natürlich nicht mehr, denn ich bin Dennis treu.

Ich ging am Circus Club vorbei, wo meine Freundin Ginny emsig zugange war, sich mit Hilfe eines Spiegelkabinetts in Ophelia das Gorillamädchen zu verwandeln. Ginny tanzt seit fünf Jahren sechs Nächte die Woche zu immer denselben Platten, und jede Bewegung sitzt. Sie ist die Spitzennummer und muß sich zum Schluß ihrer Show in einen Gorilla verwandeln. Dafür streicht sie schlappe fünfundzwanzig pro Nacht ein.

Ich kriege bei Madame Julie's zwanzig. Mein bester Job bisher, und natürlich der einzige mit Stil und Prestige.

Vor Papa Joe's sah ich den Glatzkopf, der rumposaunt hatte, er wollte mich umbringen. Bloß jetzt nahm er mich überhaupt nicht wahr, was ich wiederum idiotisch fand, denn ich trug mein irres purpurrotes Minisamtkleid und die Zehn-Zentimeter-Pumps mit dem glitzernden Straß.

3

Bourbon Street, Januar 1990

Auf dem Zettel, den er mir zugesteckt hatte, stand 4167.

Wie üblich wartete ich, bis der gespiegelte Aufzug leer war, und fuhr dann in den vierten Stock. Zimmer 4167 war am Ende des Flurs, die Tür offen. Anklopfen mußte ich nicht. Das Badezimmerlicht war an, das Zimmer selbst dunkel. Aber ich sah sofort, daß er unter der Decke nackt war.

»Du bist spät dran.«

»Nicht mit Absicht.«

Reverend Larry Mayhew schaute mich vorwurfsvoll an. »Nach bald zwei Stunden Warten wird das Ding hier allmählich schlapp.«

»Aber das doch nicht. Da kannst du Steine mit klopfen.«

Ich schloß die Tür hinter mir und legte die Kette vor.

Wir haben uns beim Parteitag achtundachtzig kennengelernt, bei einer Veranstaltung des inneren Zirkels. Ich erspähte ihn quer durch den Raum, nicht ahnend, daß das der für seine Frömmigkeit berühmte Reverend

Larry Mayhew war. Ich wußte nur, der Bursche strotzte vor Männlichkeit.

Meine Theorie ist, daß wir sinnlichen, sexhungrigen Männer und Frauen dieser Welt einen inoffiziellen, aber exklusiven Club bilden. Wir kennen uns alle. Das erklärt, warum er an dem Abend meinen Blick auffing, sich zu mir durcharbeitete und mich fragte, was ich zu den Wahlchancen Bushs meinte. Ich antwortete mit dem Spruch, der damals umging.

»Wenn Elvis wirklich *lebt* und als sein Vize kandidiert, hat die Kombination *vielleicht* eine Chance.«

Mir gefiel sein herzliches Lachen, der Mann wußte die fleischlichen Genüsse zu schätzen.

Dukakis lag bei den Wahlumfragen sechzehn Punkte in Führung, und ich wettete mit Larry um ein Dinner bei Arnaud's, daß sie bei den Bällen zur Amtseinführung die Busuki klampfen würden. Da lag ich falsch. Aber *wir* lagen richtig. Zwischen uns funkte es sofort.

Manchmal schaue ich Larrys Sendungen auf CBN an, wie er mit dröhnender Stimme den Zorn Gottes auf die Heiden und Hurenböcke herabfleht, und sein ganzer brünstiger Sexappeal brennt durch die Kameralinsen. Genau der veranlaßt ja die liebeshungrigen Kirchendamen, ihre Dollars in den Klingelbeutel zu werfen.

Ich schälte mich aus meinem Designerfähnchen. Da drunter war nichts als die Strumpfhose, derer ich mich mit nur als professionell zu beschreibender Anmut und Behendigkeit entledigte. Dann warf ich die Schuhe ab und fiel aufs Bett. »Jetzt versuch mich rumzukriegen.«

»Na ja, das wird wohl nicht allzuschwer sein«, feixte Larry. »Aber hier hab ich was, das dich sofort in Stimmung bringen wird.« Er langte unters Kissen, wo er normalerweise die Gummis hat, und präsentierte ein Schächtelchen mit einem kleinen Verschluß. In aller Feierlichkeit öffnete er es.

»Ei, was haben wir denn da?«

»Halleluja!« Ich nahm den Ring in beide Hände und hielt ihn in die Lampe. Blaugrün. Irrsinn! »Ein Smaragd!«
»Tu nicht so. Du hast mir mindestens neunzigmal erzählt, daß du bald Geburtstag hast.«
»Freut mich, daß du so ein guter Zuhörer bist.«
»Ich dachte, da tanz ich wohl besser mit irgendwas außer dem Üblichen an.«
»Nicht, daß das Übliche nicht echt gut funktioniert.«
Ich ließ den Ring auf meinen rechten Ringfinger gleiten.
»Wie viele Seelen mußtest du retten, um den zu bezahlen?«
Er grinste und zog die Decke weg. »Laß mich einfach nur deine retten.«
Ich preßte mich an ihn und fuhr mit den Händen durch das Haar auf seiner Brust. »Glaubst du, ich bin Smaragde wert?«
»Ich weiß sehr wohl, daß du das bist, Baby. Du verarschst mich hoffentlich nicht auf die Debra Murfree-Tour. Komm, steig auf.«
Da hat der Herr Pfarrer recht. Mrs. Julian Fortier wird nächstes Frühjahr wohl kaum ihre Reize im *Penthouse* zur Schau stellen.
Wo ich draufklettern sollte, war schon zu voller Größe angewachsen, also bediente ich mich selbst und benutzte es in jeder Weise außer von hinten, während er mich mit reichlich unchristlichen Zurufen anspornte. Dann warf er mich auf den Rücken und besorgte es mir inbrünstig, bis ich fix und alle und nichts mehr von mir übrig war.
Im Bett sind Heuchler göttlich.
Mit königlicher Grazie, meine klassische Nase hoch in der Luft, rauschte ich aus dem Aufzug durch die Lobby. Ich sah definitiv nicht aus, als hätte ich noch vor fünfzehn Minuten meine Füße um die Ohren gehabt.
Zum Glück traf ich niemanden von der Party. Ich war

schon fast am Ausgang, gesegnet sei der Herr, unerkannt, als hinter mir jemand »Mrs. Fortier?« bläkte. Ich drehte mich lächelnd zu dem Sprecher um, und als ich sah, daß es nur der Portier war, wurde das Lächeln echt.

»Eine Nachricht für Sie.« Er hielt mir einen geschlossenen Umschlag, Royal Sonesta-Briefpapier, entgegen. »Möchten Sie, daß ich eine Antwort überbringe?«

»Einen Moment.« Ich schob einen Fingernagel unter die Lasche und riß den Umschlag auf. Auf dem kleinen Zettel stand eine einzige Zeile, handgeschrieben, alles Großbuchstaben. Ich faltete ihn wieder zusammen. »Von wem ist das?«

Er zuckte die Achseln. »Ich weiß es nicht. Jemand hat es an der Rezeption hinterlassen.«

»Nein, keine Antwort.« Ich gab ihm einen Dollar. Als ich auf der Straße war, faltete ich den Zettel noch einmal auseinander und las die Zeile wieder.

»WAS GLAUBEN SIE, WIE LANGE SIE NOCH DAMIT DURCHKOMMEN?«

4

Bourbon Street, Juli 1970

Nach meinem Elf-Uhr-Auftritt zog ich mir einen Stuhl unter die Lampe und las ein Kapitel aus »Love Story«. Das Buch hatte ich mir aus der Bücherei besorgt. Ich bin wahrscheinlich die einzige aus der Bourbon Street, die einen Bibliotheksausweis ihr eigen nennt. Die anderen Mädchen meckern wegen meines Vokabulars im-

mer an mir rum. »Scheißgroße Worte«, sagen sie. Das kratzt mich nicht. Ich bin stolz darauf, daß ich intellektuell bin. Typen, die auf dem College gewesen sind, sagen mir immer, daß ich genauso gebildet klinge wie sie.
Betty hing über dem langen Tisch, futterte Pralinen und blätterte die *Newsweek* durch. Auf dem Titelbild prangte Burt Bacharach, Musiker des Jahres 1970.
»Vielleicht kommt Charles Manson ungeschoren davon«, sagte sie mit vollem Mund.
Linda rührte sich unter ihrer Decke. »Wie das? Alle wissen, daß er Sharon Tate und die anderen umgebracht hat.«
»Aber er hat's ja nicht gemacht. Die Weiber waren es.« Betty schluckte erst mal die Praline runter. »Es heißt, er war gar nicht dabei, als es passiert ist.«
»Aber Manson hat die Mädchen dazu gezwungen.« Linda mühte sich von der Couch hoch und fing an, ihr Zeug zusammenzusuchen. »Er ist verantwortlich.«
»Quatsch.« Betty wedelte mißbilligend mit einer Praline. »Wie kann ein Typ ein Mädchen zu etwas zwingen, das es nicht will?«
»Du wärst überrascht, was Frauen alles tun.« Linda suchte ihren BH und taumelte, ich legte meine »Love Story« hin und half ihr, ihn zu finden.
»Linda hat recht. Wenn ein Mädchen einen Mann liebt, tut sie, was er will. Das ist natürlich.« Ich zupfte ihr die Schleier zurecht, und sie seufzte tief.
»Danke, Cherry. Kathy ist noch bei ihrem vierten Song. Kannst du mir schnell mal die Karten legen?«
»Klar, Süße.« Ich langte in meine Tasche, gab ihr die Tarotkarten zum Mischen und zog ihr den Reißverschluß auf dem Rücken zu.
Während sie in der Tür lehnte und auf Kathys letztes Stück wartete, las ich ihr die Karten aus dem Keltischen Kreuz.
»Schwerter Vier. Das ist deine Situation: Krankheit.

Kelche Acht steht dir bevor: emotionales Durcheinander.« Sie nickte müde. »Unten liegt der König der Münzen. Wahrscheinlich Ray. Stimmt's? Vor dir liegt ... die Schwerter Zwei: Konflikt ...«

»Ja. Wenn ich nach Hause komme.«

Kathys letzter Song hallte von der Betonmauer hinten wider, und Linda wankte durch den Flur zur Bühne. Beim Gehen stützte sie sich an der nackten Ziegelsteinwand ab.

Ich nahm die Karten und mischte sie einmal für mich selbst. Viermal, siebenmal, neunmal, dann legte ich sie auf den Tisch.

König der Kelche; das mußte Dennis sein, der Geliebte. Ihm entgegen stand der Turm, in den der Blitz einschlug. Krise. Unter uns war die Schwerter Sieben. Zwei Unglückskarten: das sah nicht gut aus. Und vor uns die Schwerter Zehn: Verzweiflung. Über uns die Münzen Zehn: die Aussicht auf großen Reichtum. (Juchu!) Die letzte Karte war der König der Schwerter. Ein dunkler Mann. Ein mächtiger Mann. Ein Mann mit Befehlsgewalt.

Wer konnte das sein?

Als ich Feierabend hatte, nahm ich eins von den weißen Taxis vor der Bar. Der Fahrer versuchte mich über die Canal Street nach Hause zu befördern, weil er nicht durch Bienville fahren wollte. Er mährte rum, wie gefährlich der Stadtteil sei, hatte aber auch keine Lust, den Taxameter für den Umweg abzustellen. Also nahmen wir die kürzeste Route durch die Stadt zu meiner Ein-Zimmer-Küche-Hütte in der Gayoso Street.

Hier wohne ich seit letztem August, als ich mich mit dem blonden schwedischen Hünen zusammentat. Sein unter panamaischer Flagge segelndes Schiff war als fahruntüchtig aus dem Verkehr gezogen worden, und er brauchte einen Platz zum Pennen. Da ich ihn schlecht

unterm Bett verstauen konnte, mietete ich diese Bude für 70 Dollar im Monat, und wir zogen als Mann und Frau ein. Nicht, daß der Vermieter sich was vormachen ließ oder auch nur darum scherte. Ich war weiß, einigermaßen gepflegt und im Besitz von einhundertundvierzig Dollar. Somit als Mieterin qualifiziert.
Der Schwede lebte mit mir zusammen, bis er zwei Monate später ein Schiff fand, mit dem er wieder rausfuhr. Aber in der Zeit verdiente er sich jeden Cent, den er mich kostete. Björn war der erste Typ, der mich leckte und meine Klitoris fand. Der Kerl konnte durch die Ohren atmen. Die ganzen Liebhaber, die ich bis dahin gehabt hatte, wußten nicht mal, wo die Perle war, geschweige denn, wie und wo sie lecken sollten. Ich wußte es ja selbst nicht.
Bis zu ihrem ersten Orgasmus sollte man ein Mädchen als Jungfrau betrachten. Das wäre fair.
Als ich an dem Abend nach Hause kam, war die Bude dunkel, heiß und feucht, wie immer. Ich riß Türen und Fenster auf und warf Schuhe und Klamotten von mir. Dann nahm ich die Perücke ab und schüttelte mein grauenhaftes Echthaar. Es ist braun und kraus und sieht aus wie Janis Joplins. Für die meisten Frauen sind Perücken und Hüte schmückendes Beiwerk, für mich blanke Notwendigkeit.
Ich zog mir die Wimpern ab, klatschte mir Pond's in die Visage und versuchte, nicht in den Spiegel zu schauen. Ohne Make-up habe ich ein richtiges Streuselkuchengesicht.
Routinemäßig meide ich dreiteilige Spiegel, denn ich habe die häßlichste Nase, die man sich einfangen kann, groß und gebogen wie die von dem Indianer auf dem Nickel. Ich spare meine Trinkgelder, um sie mir richten zu lassen, und wenn Dennis nach Hause kommt und mich heiratet, will ich ein Profil wie Goldie Hawn in »Laugh-In« haben.

Immer wenn mir jemand sagt, daß ich gut aussehe, bilde ich mir mächtig was drauf ein, denn hübsch geboren bin ich wahrlich nicht. Mit eimerweise Grundierungscreme, Puder, Rouge, falschen Wimpern und allem, das erfunden wurde, um ein häßliches Mädchen präsentierbar zu machen, vollbringe ich das Wunder selbst.
Natürlich hat mich Dennis nie ohne Perücke und Make-up zu Gesicht bekommen. Selbst wenn wir verheiratet sind, werde ich ich mich jeden Morgen, bevor er aufwacht, aus dem Bett schleichen und auftakeln, damit ich ein Showgirl für ihn bin und bleibe.
Alle Fernsehsender hatten schon Sendepause, deshalb legte ich die Incredible-String-Band auf, setzte mich an den Küchentisch und schrieb meinen allnächtlichen Brief.
»Mein geliebter Verlobter Dennis, ja, ich bete jeden Abend für dich. Und jeden Tag gehe ich vor der Arbeit zum Schrein des Heiligen Judas Thaddäus und bete, daß wir bald zusammen sind. Denn er ist der Schutzheilige für das Unmögliche, und ich kann immer noch nicht glauben, daß Du mich liebst. Natürlich werde ich unseren ersten Sohn nach Dir nennen. Du darfst die Namen für unsere Töchter aussuchen, aber nenn bitte keine Margaret, weil ich meinen Namen hasse.«
Als ich den Brief zu Ende geschrieben hatte, war die Wohnung kühl genug, daß ich mir ein paar Stunden Schlaf im Bett holen konnte.
Die Miete von 70 Dollar schließt Strom ein, aber mit Klimaanlage würde sie auf 75 Dollar klettern. Deshalb versuche ich, ohne auszukommen.

5

New Orleans, Januar 1990

Meinen Palast in Bywater habe ich ergattert, bevor die Immobilienpreise in die Höhe schnellten. Damals, 1971, konnte ich noch für fünfzig Mille bar auf die Kralle ein ziemlich intaktes neoklassizistisches Heim auf zweitausend Quadratmetern Land kaufen: zweistöckig, mit Dachboden und dorischen Säulen am Eingang.

In dem Jahr wurde ich fünfundzwanzig.

Als ich durch das schmiedeeiserne Gartentor ging, brannte Licht. Julian hatte mich also beim Nachhausekommen um eine klitzekleine Nasenlänge geschlagen. Im Haus war es so kalt, daß ich den Nerz gar nicht erst auszog. Ich ging direkt in mein Schlafzimmer, um die Gasheizung anzuwerfen. Wärme kam nur aus der Küche, wo ich meine »bessere Hälfte« am Herd vorfand.

»Morgen, Margo.« Er kümmerte sich um ein Zwiebel-Schinken-Omelette, schaute aber auf, um mich in Augenschein zu nehmen. »Oh jemine, da hat sich heute abend mal wieder jemand in fremden Betten gewälzt.«

»Woher weißt du das?«

»Dieses ...« Er wedelte mit dem Handschuhtopflappen. »... befriedigte Leuchten. Hat der Glückliche dich wenigstens zum Abendessen eingeladen oder willst du hiervon was?«

Statt zu antworten, nahm ich drei Eier aus dem Karton und schlug sie in die Pfanne. »Ich deck den Tisch.«

»Du bist so was von häuslich.« Er deutete mit dem Kopf auf die Arbeitsplatte. »Da sind die Einladungen von heute. Such dir aus, zu welchem Ball du gehst, Aschenputtel.«

Ich nahm die sieben großen Umschläge mit unserem Namen und der Adresse in Schönschrift. Bisher war die Ehre unserer Anwesenheit im nächsten Monat bei mindestens zwei Dutzend Mardi-Gras-Galas erwünscht.
»Wir fangen mit Rex, Comus, Bacchus an und arbeiten uns von da aus weiter voran«, sagte ich, breitete meinen Nerz aus und wirbelte herum wie eine Debütantin. »Wir sind ja so gefragt.«
»Alle Jahre wieder.«
»Alle Jahre wieder für *dich.*«
Als ich damals an der Loyola englische Literatur studierte, stieß ich auf eine Zeile von Tennyson, in der ein Quäker den guten Rat gibt, nicht um des Geldes willen zu heiraten, sondern sich dort hinzubegeben, wo das Geld *ist.* Das habe ich mir zu Herzen genommen und gewissenhaft befolgt.
Julian ist Abkömmling eines zweiten Sohnes, aus dem armen Zweig der Familie. Aber er ist immer noch Fortier genug, um mit dem Gütesiegel ›uralte Familie‹ Mitglied im Boston Club zu sein.
Solange ich den Mitgliedsbeitrag zahle und er darauf verzichtet, sich öffentlich als Tunte zu gerieren, bringt uns jede Karnevalssaison einen Packen solcher Vorladungen im Prägedruck zu den A-Bällen uptown.
Die sehr gesellschaftsfähige Mrs. Julian Fortier wird in vornehmen Häusern und Salons empfangen, von denen das Mädchen, das einst Cherry hieß, nicht einmal zu träumen gewagt hätte.
Ich heftete die Einladungen ab, arrangierte unsere Platzdeckchen und als Krönung des ganzen die blauen Servietten, die unsere Zugehfrau immer zu Hütchen faltet.
»Für einen Kerl, der ›safe sex‹ praktiziert, bist du ganz schön spät nach Hause gekommen.«
»Meine Anwesenheit heute abend war ein Muß, Liebste. Emil wollte, daß ich so einen fetten Käufer aus Al-

bany becirce. Ich glaube, halb hat er erwartet, daß ich dem Untier einen blase.«

»Sag ihm, das ist sexuelle Belästigung.«

»Sag du's ihm. Der fährt immer noch auf dich ab.«

»Um ein Klischee zu benutzen: Wir sind jetzt ›gute Freunde‹.«

Mein Märchenprinz des Jahres 1985 war Emil Kourvesian, ein absolut heißer Typ. Die einzige Frucht dieser Beziehung war ein Job für meinen Gatten in seiner Importfirma. Julian ist ein so produktiver Außendienstmitarbeiter, daß Emil ihn behält, obwohl unsere Affäre ihre Blütezeit längst hinter sich hat.

Ich langte in mein Perlenhandtäschchen und holte den Zettel heraus. »Rate, was ich heute abend für eine komische Nachricht bekommen habe.«

»Einen unsittlichen Antrag?«

»Falls ja, dann aber auf Umwegen.« Ich faltete das Papier auseinander und hielt es zwischen ihn und die Pfanne. »Was hältst du davon?«

Er las, während das Zeug brutzelte. »›Was glauben Sie, wie lange Sie noch damit durchkommen?‹ Also hat dich endlich eine eifersüchtige Ehefrau am Wickel.« Er zuckte mit den Schultern. »Mach eine Liste der Verdächtigen.«

»Nicht nötig. Im Moment treffe ich mich nur mit einem Mann.«

»So?«

Ich betrachtete mein Spiegelbild auf dem Boden eines Kupfertopfs. Die Mascara war verlaufen und verlieh mir ein entzückend hohläugiges Aussehen.

»So! Seine Gattin tut, was sich für Gattinnen gehört. Bleibt brav an Heim und Herd. Bohnert ... staubt die Zierleisten ab ... fährt Klein-Jennifer zum Sportfest ...« Er lächelte. »›Was sich für Gattinnen gehört‹? Du *bist* Gattin.«

»Nein, bin ich nicht. Ich bin Margo Fortier.«

Irgendwann 1975 habe ich mich nach Margeaux Hemingway benannt, schreibe den Namen allerdings vernünftiger.
Julian schnitt das Omelette in vier Stücke und wendete sie. »Hast du vielleicht in deiner Kolumne was Gemeines über jemanden geschrieben?«
»Über niemanden, der die Macht hat, was dagegen zu unternehmen. Ich befrage die Karten.« Ich holte die Tarotkarten aus meiner Handtasche, zog für mich die Königin der Kelche und legte fünf Karten von links nach rechts.
»Hinter mir ist der Papst. Wer das ist, weiß ich.«
»Gute Güte. Vögelst du schon die ganze Zeit den Papst?«
»Einen anderen religiösen Führer. Den Papst hab ich nicht mal geküßt. Hier ist der Ritter der Kelche: Gedanken über die Liebe ...« Dann deckte ich die Schwerter Sieben auf. »Warnkarte. Was ist hier das Problem? Stäbe As: neuer Job oder neues Vorhaben ... Schwerter As. Schlechte Neuigkeiten.«
»Dann nimm doch einfach den nächsten Auftrag von Felix nicht an. Gib mir deinen Teller.«
»Ich kann ihn nicht einfach ausschlagen. Meine Kolumne ist unsere Machtbasis. Das sieht aber lecker aus.«
»Paß auf, ich war großzügig mit den Zwiebeln.« Er lud mir das halbe Omelette auf den Teller. »Aber ich gehe ja wohl richtig in der Annahme, daß du heute nacht mit niemandem mehr schläfst.«
»Wohl kaum. In *diesem* Hause gibt es keine Kandidaten.«
Julian warf sich in Pose. »Woher willst du das wissen? Es ist eine ganze Weile her, daß du deine ehelichen Rechte wahrgenommen hast.«
»Und es wird auch noch ne Weile dauern, Sportsfreund.« Ich enthütete meine Serviette. »Du gehörst zur Risikogruppe Eins.«

»Von wegen Risiko. Ich habe den *Test* gemacht, und das ist mehr, als du von dir behaupten kannst, du Biest.«

6

New Orleans, 1970

Am nächsten Morgen um zehn war die Wohnung so heiß, daß ich aufstand und mich nackt auf dem Badezimmerfußboden ausstreckte, der unter der Erdoberfläche und somit der kühlste Teil der Wohnung ist. Die Füße mußte ich in die Küche legen.

Es war einigermaßen schwer, dort einzuschlafen, aber kinderleicht, aufzuwachen. Wenn die Sonne einmal auf das Blechdach knallte und durch das Küchenfenster brannte, war kein Halten mehr. Einen Wecker brauchte ich nie.

Ich wickelte mich in ein Fähnchen aus Druckbaumwolle, das Björn mir aus Thailand mitgebracht hatte, und knotete es unter den Armen, um den Trip nach draußen zum Briefkasten zu machen. Die Mittagssonne tat mir in den Augen weh, und die Steinplatten waren schon so heiß, daß ich mir die nackten Füße verbrannte, aber ich bin immer zu ungeduldig, um erst noch Sonnenbrille und Schuhe anzuziehen.

Mit angehaltenem Atem ging ich den Pfad hinunter und holte erst wieder Luft, als ich den Umschlag im Kasten erblickte. Aber es war keine Luftpost, also mußte er von meinem Bruder in New Jersey sein. Da Tommy die Adresse eigenhändig geschrieben hatte, gab es hoffentlich keine Probleme. Zur Sicherheit bekreuzigte ich mich trotzdem, ging mit dem Brief zurück und las ihn am Küchentisch.

»Liebe Margie, Leroy, die schwarze Schwuchtel, hängt mir schon wieder auf der Pelle. Einer von uns beiden wandert noch ins Revier. Ich glaube, er will mir nur meinen nächsten Haftprüfungstermin versauen, damit er noch sechs Monate hinter mir herhecheln kann. Danke für die Bücher. Smittys Bruder gibt den Brief hier für mich wahrscheinlich zur Post ...«

Ich mußte bei der Post vorbeigehen und ihm Geld für seinen Unterhalt überweisen. Es geht auf das Konto der Kantine, damit Tom sich Zigaretten, Süßigkeiten und alles mögliche dreimal so teuer wie draußen kaufen kann. Aber ein Logiergast des Staates New Jersey kann nicht unbedingt einkaufen, wo er will.

Wenn er da rauskommt, bin ich glücklich verheiratet, und er kann bei Dennis und mir auf dem Stützpunkt wohnen. Bei den ganzen guten Beispielen, die da rummarschieren, kann er gar nicht anders als vernünftig werden. Vermutlich brennt er dann darauf, sich an seinem nächsten Geburtstag freiwillig zu melden. Dann wird er siebzehn.

Ich hab Dennis noch nichts von ihm erzählt. Aber Dennis liebt mich so sehr, daß er meinen Bruder bestimmt mit offenen Armen aufnimmt.

Bei so einer Hitze wie jetzt lasse ich immer die Haustür auf, deshalb hörte ich, wie mein Vermieter, Mr. Canatella, mit seinem Block Mietquittungen angepfiffen kam. Er pfeift immer, damit er nicht in die Verlegenheit gerät, mich nackt oder noch schlimmer anzutreffen.

Ich begrüßte ihn am Fliegengitter. »Eine Sekunde, ich hole es.« Ich war mit der Miete noch nie einen einzigen Tag im Verzug.

Mr. Canatella hatte meine Quittung schon ausgefüllt

und übergabebereit, als ich ihm die drei Zwanziger und einen Zehner gab.
»Danke, Mrs. Svenson. Ganz schön heiß heute, was?«
»Und wie!«
Svenson ist Björns Name, nicht meiner, aber zum Wohnungmieten taugt er so gut wie jeder x-beliebige andere. Ich will meinen echten Namen nicht beschmutzen, für den Fall, daß ich doch mal Probleme kriege.
Vor den Wahlen im letzten November beschloß unser nobler Bezirksstaatsanwalt Garrison, seine Gesetzestreue zu demonstrieren, und »griff im Quarter mal hart durch«. Die Sitte machte Razzien in allen Clubs im Bezirk und verhaftete jeden in Sichtweite.
Das Schwein, das mich hopsnahm, behauptete, ich hätte obszön getanzt. Im Gericht stand er sogar auf und machte vor, wie ich mit der Hand in meinen String fuhr, was absoluter Quatsch war. Ich wußte nicht, daß Bullen so lügen dürfen, aber das tun sie bei Mädchen wie uns immer.
Nach einer Razzia holen uns die Clubbesitzer am nächsten Morgen immer in aller Herrgottsfrühe raus, aber ich muß trotzdem jedesmal weinen, wenn ich verhaftet werde.
Ich schnappte mir die Mietquittung, als sei sie Gott weiß was wert.
»Heute hab ich frei.«
»Schön für Sie. Genießen Sie es.«
Mr. Canatella fing an, den Rasen zu mähen, und ich fing an, mich für meinen freien Tag zurechtzumachen. Ich kämmte meine Perücke sorgfältig in die Stirn, zog meine schwarze durchsichtige Spitzenbluse über einen schwarzen BH und quetschte mich in meine schwarzen Hüfthosen. Dann steckte ich das passende Fahrgeld in die Tasche und rannte die Gayoso runter, um den Bus an der Ecke zu erwischen.
Ich setzte mich direkt hinter den Fahrer und schaute die

anderen weiblichen Fahrgäste an und verglich. Ich zählte achtzehn, und nur drei waren dünner als ich, das war also schon mal ganz gut. Aber richtig zufrieden bin ich erst, wenn ich die allerdünnste bin.
Der Bus fuhr durch die Canal Street bis zu dem Block, wo ich die ersten vier Monate in New Orleans gearbeitet habe. Da hängen auch meine ganzen Freunde rum. Der zweihunderter Block der Canal Street liegt fast am Fluß und beherbergt stolze sechs Matrosenbars und ein schmuddeliges Freßlokal. In den meisten Fenstern hängt ständig das Schild »Bardame gesucht«, und ein Mädchen wie ich kann da jederzeit einen Job kriegen, ohne Bewerbungsunterlagen ausfüllen zu müssen. Man kriegt zehn Dollar pro Abend plus Trinkgeld. Aber viel Glück beim Trinkgeld, die nordischen Seebären wissen gar nicht, was das Wort bedeutet. Ohne die Kohle von den Getränken kann ein Mädchen von dem Geld nicht leben und nicht sterben.
Wenn ein einsamer Matrose eine Bardame zur Gesellschaft will, die sich seine Probleme anhört, bestellt er ihr einen Drink für siebzig Cent, und sie darf fünfunddreißig davon behalten. Eine gute Animierschlampe überredet einen Typen, eine Zehn-Dollar-Flasche New Yorker Sekt springen zu lassen, und steckt fünf in die Tasche.
Ich habe in meiner Canal Street-Karriere zweimal einen Treffer mit Sekt gelandet. Soviel zu meinen Überredungskünsten.

7

New Orleans, Januar 1990

Bei Eiseskälte aufzustehen ist das hinterletzte. Wir trauen uns nicht, das Gas anzulassen, wenn wir schlafen, deshalb war es ungefähr fünf Grad Celsius im Haus, als ich wie üblich um zwei Uhr nachmittags aufwachte. Ich schlüpfte aus den Decken, zog zitternd Julians alten Wollmorgenmantel über mein Flanellnachthemd und flitzte in mein Büro im Vorderzimmer. Dort zündete ich ein Streichholz an, dann den Heizkörper und mußte mich davor hocken und das Ding wie ein über alles geliebtes Haustier umarmen, um ein bißchen Wärme von den blauen Flammen abzukriegen. Dann rüber in die Küche, um die Wasserhähne zuzudrehen, die wir über Nacht hatten tropfen lassen.

Julian besitzt Anmut und Charme, aber absolut keine handwerklichen Fähigkeiten. Wenn die Leitungen unter dem Haus jemals zufrieren und platzen, bleibt uns nichts anderes übrig, als den Hauptanschluß zuzudrehen und einen Klempner in der Nachbarschaft so lange zu umschmeicheln, bis er sich unserer erbarmt.

Als ich hier einzog, brachte ich einen Cajun namens Sostenne mit, und er und mein Bruder erledigten ein paar ernsthafte Reparaturarbeiten an der Bude. Aber nach zwei Jahren Glückseligkeit ohne Trauschein kam Sostenne endlich zu der Überzeugung, daß ich ihm *keine* Kinder schenken würde, wanderte nach Cajunland aus und heiratete ein enorm fruchtbares Bauernmädel. Besser sie als ich, und Gott segne sie beide.

Das letzte, was ich von ihnen gehört habe, ist, daß sie der Welt mindestens acht Gumbo schlabbernde kleine Wadenbeißer geschenkt haben.

Der arme alte Arsch mußte flußaufwärts gehen, um zu laichen.
Die Heizung war bestimmt fünfundvierzig Minuten an, bevor ich die Finger so gut bewegen konnte, daß ich den Computer anwerfen und die Donnerstagskolumne in Angriff nehmen konnte:
»Joe Gable ...«
Mein rotes Telefon klingelte. Nur fünf Leute haben die Nummer. Deshalb wirbelte ich in meinem Stuhl herum und ging dran. »Margo.«
»Weißt du, wer hier ist?«
»Ja.«
»Versuch's mit Clouet-Rice.«
»Ich liebe dich.«
»Aber sicher doch.« (Klick)
Ich legte kurz auf und wählte dann das Büro meines Brokers. »He, Scotty? Ich möchte, daß Sie mir drei Notierungen nachschauen.«
»Okay. Welche?«
»I.B.M., Wang und Clouet-Rice.«
Nach zehn Sekunden sagte er: »Hier ... I.B.M. ist einen halben Punkt runter. Wang bewegt sich nicht ... Clouet-Rice bewegt sich heute etwas. Einen vollen Punkt rauf auf siebzehn.«
»Die nehm ich. Besorgen Sie mir tausend Clouet-Rice-Aktien.«
»Die bewegen sich aber immer noch. Was, wenn ich sie nicht alle zu siebzehn kriege?«
»Ich schluck sie trotzdem, hängen Sie sich an die Strippe.« Ich legte auf, damit er keine Zeit verschwendete, um Aufwiederhören zu sagen.
Wenn alles gutgeht, ziert das Konterfei der Tochter meines Informanten das Titelblatt meiner nächsten Debütantinnenbeilage, selbst wenn sie aussieht wie Roseanne Barr.
Urplötzlich war mir so heiß, daß ich Julians Morgen-

mantel aufmachen und mein Oberteil hochziehen mußte, damit die kalte Luft an meine Brust kam. Ich war froh, daß es jetzt im Januar passierte. Diese reizenden Momente müssen im Sommer im wahrsten Sinne des Wortes höllisch sein. Nach zwei Minuten war es vorbei, und mir war wieder eisekalt.

»Zu seiner Fete für die Republikaner von Louisiana begrüßte Joe Gable, elegant wie immer, gestern abend im Royal Sonesta eine erlauchte Gesellschaft. Auf das neue Programm der Grand Old Party ... tranken ...«

Was für ein Scheiß.

Ich lehnte mich zurück, holte tief Luft und stellte das 24x30-Farbfoto von Soon Park richtig hin. Leuchtenden Mandelauges lächelte er fröhlich in die Kamera.

Er ist das ideale Kind für mich. Ich schicke jeden Monat lächerliche zweiundzwanzig Dollar an den Children's Missionary Plan und kriege dafür regelmäßige Erfolgsberichte aus Korea, eine handgemalte Weihnachtskarte und das Recht, mich als so was wie eine Mutter zu bezeichnen. Ich unterstütze Soon seit der ersten Klasse. Jetzt ist er fast zwölf. Und die ganzen wunderbaren Jahre mußte ich ihm nicht einmal Spaghetti-und-Tomatensoße kochen oder zum Elternabend gehen. Die Beziehung zu Soon Park ist so ungefähr das Intensivste, was ich an Mutterschaft erleben möchte.

Ich wurde wieder von Telefonklingeln unterbrochen, diesmal von dem schwarzen. Jeder Dämlack im Süden hat die Nummer, deshalb ließ ich den Anrufbeantworter antworten. Leute, die ich mag, hüten sich wohlweislich, mich bei Tageslicht anzurufen.

»Sie sind mit den Fortiers verbunden ...« sagte das Band in meiner besten Radiostimme. »Hinterlassen Sie nach dem Piepton bitte Ihren Namen und Ihre Nachricht, und wir rufen Sie zurück.«

Als nächstes hört man normalerweise das Freizeichen, wenn nämlich der Vertreter von ›Luling, Installations-

und Sanitärbedarf‹, auflegt. Aber diese Nachricht war ein Ideechen weniger erfreulich.
»Margo, ich weiß, daß Sie da sind. Nehmen Sie den Hörer ab.«
Felix Dunne, mein Redakteur. Lieber würde ich in den Spucknapf fassen, aber ...
»Hallo, Felix.«
»Guten Tag. Wie weit sind Sie mit Ihrer Kolumne?«
»Ähem.«
»Das dachte ich mir. Aus Ihren trantütigen Republikanern kriegen Sie nie eine anständige Spalte zusammen.«
»Trantütige Republikaner kaufen seitenweise Anzeigenspalten.«
»Überlassen Sie es mir, mich um den Profit zu kümmern. Ich habe eine richtige Storyidee für Sie. Das könnte der Aufmacher in der Sonntagsbeilage werden.«
»Ich höre.«
»Nicht am Telefon, Sie müssen schon in die Zeitung kommen.«
»Herrgott noch mal. Ich *finde* die Bude nie.«
»Nehmen Sie die Überführung über die Broad Street, wenden Sie nach links und kommen Sie unten drunter zurück. Sie können uns nicht verfehlen.«
Eigentlich war es für zivilisierte Menschen zu kalt zum Umziehen. Ich tat es trotzdem, beugte mich über den Heizkörper und schmiß mich in die häßlichsten, bequemsten Klamotten, die ich besitze. Ich war freudig überrascht, als meine warme Wollhose glatt über meine Hüften ging, ohne daß ich den üblichen Hulatanz vollführen mußte. Mein Verlust an Masse kam nicht von einer Diät. Vielleicht verbrannten die Hitzewallungen Kalorien. Nein. Wahrscheinlich sammelte sich einfach nur kein Wasser mehr in meinem Körper.
Kein Aufblähen mehr, keine Menstruation, hartnäckige Zellulitis, Angst vor Schwangerschaft... So eine Me-

nopause ist großartig, ich kann sie meinen Freundinnen nur empfehlen.
Das Ensemble war komplett mit einem alten Pullover, Julians Socken und Turnschuhen. Statt Lippenstift schmierte ich mir Vaseline auf die Lippen, und statt des Pelzes zog ich mein Tuchjackett an. Kämmen war eh überflüssig. Für eine Frau gibt es nur zwei Gründe, gut auszusehen: Sex und Geld, und hier ging's weder um das eine noch das andere.
Mein alter Porsche liebt es überhaupt nicht, bei Kälte zu starten. Ich mußte den Choke ziehen und dem Gaspedal regelrecht einen runterholen. Wir haben auch einen neuen Bentley, aber den lasse ich Julian zu seinem Büro uptown fahren. Wo ich hinfahre, ist es weniger angebracht, ein teures Auto zu parken. Es sieht anders aus, wenn man wieder hinkommt.

8

New Orleans, Juli 1970

Als ich um sechs nach Hause kam, war es noch hell. Schon am Tor wußte ich, daß ich Besuch hatte, denn eine besonders greuliche Cajun-Platte dröhnte so laut, daß man es auf der Straße hörte. Mir fiel ein, daß ich Sostenne einen Schlüssel gegeben hatte, aber nicht, damit er ihn behielt, wenn er wieder draußen vor der Küste arbeitete. Jetzt brauchte ich keinen Schlüssel, er hatte die Wohnungstür aufgelassen, um ein bißchen von dem Krach und dem Geruch vom Tasseau-Kochen rauszulassen.

Sostennes Matchbeutel lag auf der Couch, und sein Bauhelm, über und über mit Aufklebern von Ölgesellschaften dekoriert, thronte auf der Kommode und vibrierte zu den Klängen einer scheintoten Schrammelband, die »Toutes Les Veuves de la Coulee« spielte. Alle Cajun-Lieder klingen, als würden sie prinzipiell von alten Männern ohne Zähne gesungen. Glaube ich.
»Bist du's, *cher?*« Sostenne guckte aus der Küche, er trug nur Jeans und fuchtelte mit der Bratpfanne, in der die Mehlschwitze brutzelte. »Mach uns 'n Gumbo. Riecht's gut?«
»Ja, aber ...«
Sostenne habe ich im letzten September bei einer politischen Diskussion im 211 Club kennengelernt, er gegen zwei Finnen und einen Holländer. Am Ende der Debatte stand er als einziger noch aufrecht, und spendierte Champagner, weil er sich durchgesetzt hatte. Der muskulöse, kräftige Cajun verliebte sich auf den ersten Blick in mich, und als ich Feierabend hatte, zeigte ich ihm die Stadt.
Ich lebte damals noch mit Björn, und Sostenne mußte mit mir ins Bienville Hotel gehen, was ihn um fünfundvierzig für eine Nacht erleichterte, also mochte er mich wirklich.
Ich hob den Tonarm von der Platte und machte dem Lärm ein Ende.
»Sostenne, du kannst nicht hier bleiben.«
»Wie meinst du das, ich kann nicht hier bleiben?« Er ging ins Schlaf/Wohnzimmer und bückte sich unter der Lampe. »Sonst ist ja wohl niemand hier, oder? Männerunterhosen hab ich jedenfalls nicht gesehen.«
»Stimmt, aber ... Na ja, ich bin doch verlobt.« Ich zeigte meinen Ring her.
»Ei, ei, was ha'm wir denn da?« Er schwenkte immer noch die Pfanne, beugte sich zu mir herunter und inspizierte meinen süßen, bildschönen Diamant-Solitär.

»Hat sich dein Hubschrauberpilot endlich erklärt?«
»Chief Warrant Officer Dennis McMurtry, mein zukünftiger Ehemann.«
»Na, da freu ich mich aber für euch beide. Ich hab in Morgan City haltgemacht und uns ein paar Schweinswürstchen für den Gumbo besorgt. Huch! Ich muß die Okra im Auge behalten.« Er lief zum Herd, um sich um den blubbernden Topf zu kümmern, und ich warf meine Schuhe ab.
Als ich Sostenne einen Tag nach Björns Abfahrt bei Hobby's traf, bot ich ihm an, wenn er wollte, könnte er mein neuer Alter sein, und gab ihm den Schlüssel. Von da an war er ziemlich gut, soweit Alte gut sein können. Er arbeitet vierundachtzig Stunden-Wochen auf einem Kahn, der Ölleitungen verlegt, bleibt einen Monat am Stück draußen, und kommt dann steinreich an Land. Sostenne ist mein König der Münzen. Ohne Pfanne kam er aus der Küche und wischte sich das verschwitzte Gesicht und die Brust mit einem Handtuch ab. »Der Gumbo ist in einer halben Stunde fertig. Hoffentlich kannst du so lange warten.«
»Sostenne, du mußt gehen ...«
Seit meiner Verlobung hatte ich wirklich nicht einmal gut gegessen, denn ich ließ mich nicht mehr von Männern einladen.
»... nach dem Essen.«
»Klar, ich geh nach dem Essen immer aus.« Er kam zum Bett getrampelt. »Erst eß ich meine Pussy, dann mein Dinner, dann noch ein bißchen Pussy, dann geh ich raus.« Er legte sich hin und streckte sich aus, was die Federn zum Quietschen und die Latten zum Ächzen brachte. »Junge, Junge, hab ich dich vermißt.«
»Echt? Wirklich?« Aus reiner Gastfreundschaft ging ich zu ihm hinüber.
»Jessas, war ich scharf. Hab in jede Socke gewichst, die ich hatte.«

»Obwohl du mich so herzinnig liebst: Es läuft nichts.« Um jedes Mißverständnis auszuschließen, setzte ich mich mit zusammengekniffenen Knien auf die Bettkante. »Ich bin meinem Verlobten total treu.«
»Oh, ja klar bist du treu. Warte nur mal eine Minute.« Er rollte sich herum, damit er seine Brieftasche aus der Hosentasche ziehen konnte. »Jetzt zeig ich dir, wie ich solche Treue respektiere.« Der Bettrahmen protestierte, als er sich wieder auf den Rücken drehte und die Brieftasche vor sich hochhielt. »Du brauchst doch bestimmt ein Hochzeitskleid, damit du für den alten Dennis hübsch aussiehst.« Er zog einen knisternden Hundertdollarschein heraus und ließ ihn auf die Decke neben mir fallen. »Und einen Schleier.« Noch ein Schein wurde rausgezogen und auf den anderen gelegt. »Und Blumen, und vielleicht ein paar alte Schuhe, die du ans Auto binden kannst.« Noch zwei Hunderter. Soviel Bilder von Ben Franklin, meinem Lieblingspräsidenten, hatte ich noch nie auf einmal gesehen.
Dann klappte Sostenne seine Brieftasche zu und sah mich fröhlich an.
»Und? Was sagst du jetzt?«
Ich nahm die Scheine, rieb sie zwischen den Fingern und roch an dem Papier, frisch aus der Presse. »Hm.« Ich trug sie zur Kommode und legte sie in die unterste Schublade unter mein bestes Nylonneglige. »Dennis und ich brauchen auch bestimmt noch Möbel.«
»*Mais oui, mais oui.* Los, mach meine Platte wieder an.«

Eigentlich war es zu heiß. Die Küche war vom Gumbo aufgeheizt und alles andere vom Juliwetter. Als wir fertig waren, trieften die Laken vor Schweiß.
Dann stand Sostenne auf und holte sich eine neue Schachtel Marlboro aus seinem Matchsack. Er rieb ein Streichholz am Daumennagel und zündete sich eine an.

Dann legte er sich wieder neben mich. Ich gab ihm ein Kissen, und er stopfte es sich hinter den Kopf. »Also, *cher,* du willst den alten Dennis heiraten? Wild entschlossen?«

»Ja, und das wird ganz toll.«

»Aber du kennst ihn doch kaum.«

»Natürlich kenne ich ihn. Guck dir doch mal die ganzen Briefe an.« Ich zeigte auf die Kommode, da waren sie aufgestapelt.

»Das heißt gar nichts. Wenn du unbedingt heiraten willst, warum, zum Teufel, heiratest du mich nicht? Ich bin jünger als Dennis; seh besser aus. Und ich verdiene mehr als Dennis.«

»Aber nach dir bin ich nicht verrückt.«

Jemanden wie Sostenne zu heiraten wäre undenkbar. Er ist total nett, aber normal, also muß seine Frau auch normal sein.

Ich sehe mich schon als fette Cajun-Hausfrau da oben in Evangeline Parish riesige Töpfe Schildkrötensauce *piquante* umrühren, und ein Dutzend Französisch sprechende kleine Rotznasen kriecht sabbernd und greinend durch die Küche.

Wenn mein Mann nach Hause käme, müßte ich ihm sein kaltes Bier aus dem Kühlschrank holen und lauschen, wie er mit seinem Cousin Ravis das Akkordeon schwang und Zydeco spielte. Und in den Ferien würden wir uns alle in den Chevy Pickup quetschen und zu seinem Bruder an den Bayou Carron fahren. Da käm ich nie mehr raus. Unmöglich.

9

New Orleans, Juli 1970

Meine Freundin Thelma Watson hatte frei, und ich war mit ihr für Clarence »Frogman« Henrys Spätshow in der Figaro Lounge verabredet. Frogman ist einer unserer besten.

Und Thelma hat eine tolle Stimme, wenn sie sich auch nichts dafür kaufen kann. Schwarze Frauen, die singen können, gibt's hier in New Orleans im Dutzend billiger, hier klingt ja jede zweite Putzfrau wie Billie Holiday. Was Besseres als Pausenfüllergigs zwischen den Stripperinnen im Palace Club kriegt Thelma nicht. Sie darf immer nur Standards wie »When all the Saints« singen, da fahren die Touristen wie die Bekloppten drauf ab, und wir vom Kiez kriegen das Kotzen. Es ist ihre einzige legale Einkommensquelle, aber mit fünfundsiebzig Kröten die Woche kriegt sie ihre vier Blagen nicht durchs College.

An der Ecke Conti/Bourbon ging ich die drei Stufen hinunter in die Figaro. Thelma war schon da und hielt mir mit ihrer überdimensionalen Handtasche auf dem Nachbarhocker einen Platz frei.

»Hallo, Cherry. Frogman hat in fünfzehn Minuten noch mal einen Auftritt.«

»Spitze!« Ich hievte ihre Tasche auf den Tresen. Heute abend klapperten wenigstens keine Chirurgeninstrumente darin. Thelma war Krankenschwester, und ab und zu verdient sie sich was mit illegalen gynäkologischen Eingriffen dazu. Eigentlich ist das Dienst an der Allgemeinheit. Ein armes Mädchen muß es ja schließlich irgendwo machen lassen.

Albert wrang seinen Wischlappen aus. »Was trinkst du heute abend, Cherry?«

»Da mußt du noch fragen?«
Mit Alkohol verdiene ich mein Geld (unter anderem), aber ich gebe es nicht dafür aus. Ich trinke das Zeugs nur, wenn ich dafür bezahlt werde. Also zog Albert ein Gesicht und kredenzte mir meine übliche kleine Flasche Cola. Das Gratisglas mit Eis schenkte er sich, weil ich Cola niemals verdünne.
Er nahm meinen Dollarschein vom Tresen und tippte ihn mißgelaunt ein. Thelma und ich bezahlen den ›Kiezpreis‹, den Touristen knöpfen sie das Doppelte ab, deshalb betrachtete er uns als Platzverschwendung.
Ich trank einen stärkenden Schluck und nahm Thelma ins Visier. Sie trug ein enges Futteralkleid mit Perlen vom Halsausschnitt bis zum Saum.
»Was für ein phantastisches Kleid! Ich wette, das war teuer.«
Sie lächelte nur und nippte an ihrem Canadian Club & Seven-up. Daher nahm ich an, daß das Kleid sie weit weniger als den Preis auf dem Etikett gekostet hatte, und kümmerte mich um meinen eigenen Kram.
Ich fand ein unverfänglicheres Thema. »Wie geht's deinen Kindern? Sie haben Sommerferien, oder?«
Darauf erntete ich kein Lächeln, sondern ein müdes Seufzen. »Die Älteren versuchen, schnell fertig zu werden, um mir zu helfen. Heute habe ich einen Brief von Tanisha gekriegt, aus Grambling.«
Tanisha ist die Hübsche.
»Da steht drin, daß sie gerade zum Maskottchen der Sigma-Chi-Verbindung gewählt worden ist. Was sagst du dazu?«
»Ich hoffe, sie hat es sich nicht verdient.«
»Da hast du recht.« Thelma kippte ihren Drink und schob ihr Glas zum Nachfüllen über den Tresen. »Wenigstens haben meine Kinder eine Chance, die ihre Mama nie gehabt hat. Hier kommt man doch auf keinen grünen Zweig.«

»Deshalb steige ich auch aus.« Ich betrachtete die Gäste, Kiezleute an einem gewöhnlichen Abend in der Woche. Die Männer erkannte man an ihren blassen Gesichtern und glänzenden Anzügen. Die Mädchen waren jünger, so jung, daß sie hoffentlich auch noch was anderes anfangen konnten. Zumindest waren ihre Kleider neu. »Ich wär doch nie die Nummer eins geworden.«
»He, Cherry, du bist eine ziemlich gute Tänzerin. Und du hast Persönlichkeit. Darauf kommt's doch an in diesem Gewerbe.«
»Nöh, was du in der Bluse hast, zählt.« Ich sah auf meine Brust herab. Auf die ja nun *jeder* herabgesehen hätte. »Aber soweit, daß ich nach Houston gehe und mir Silikon spritzen lasse, bin ich nicht, und ohne anständiges Paar Titten kann ich einpacken.«
Thelma zuckte mit den Achseln. »Das allein ist es aber nicht, Mädchen. Du hast immer noch einen hübschen runden Arsch.«
»Ja, klar.« Ich trank meine Cola sorgsam bis zur Hälfte und stellte sie hin. Ich spürte den Zucker an den Zähnen. »In mich verlieben sich die Männer erst, wenn ich sie verlasse.«
»Reine Glückssache.«
Ich verschränkte die Arme vor der Brust, damit sie mir aus den Augen war, und wandte mich einem erfreulicheren Thema zu.
»Hab schon wieder ein Geschenk von Dennis gekriegt.«
»Noch mehr Schlüpfer ohne Zwickel?«
»Was noch Besseres. Er hat mir so eine tolle Jacke geschickt, aus Tarnstoff, wie die G.I.s sie tragen. Auf den Rücken ist eine Karte von Vietnam gestickt, und alle Städte sind drauf, zum Beispiel Saigon und Da Nang. Und in roter Schrift die Worte: ›Wenn ich sterbe, komm ich in den Himmel, denn in der Hölle hab ich meine Zeit schon abgesessen.‹ Astreiner Spruch.«

Thelma schüttelte ihren Sektquirl wie ein Thermometer.

»Und mitten im heißesten Sommer, den ich je erlebt habe, schickt der Mann dir eine Jacke?«

»Nicht zum Anziehen. Als Souvenir.« Ich gönnte mir noch ein Viertel von der Hälfte der Cola.

»Aha, und was machst du mit so was?«

»Ich hab sie meinem Bruder nach New Jersey geschickt.«

»Dem im Jugendgefängnis?«

»›Besserungsanstalt für Jugendliche‹ nennen sie es. Und du kannst jede Wette eingehen, Tommy ist der einzige Junge da oben mit einer Armeejacke.«

»Du hast mir nie erzählt, wofür sie ihn drangekriegt haben.« Sie winkte ab. »Entschuldigung. Geht mich nichts an.«

»Nein, schon gut, ich erzähl's dir.«

Ich hatte immer so gern über meinen Bruder gesprochen, bis vor sechs Monaten. Ich gab immer mit seinen guten Noten an und seiner freiwilligen Arbeit für die Legion of Mary, und wie er das Schachturnier von North Jersey gewonnen hatte. Aber jetzt brauchte ich nur sein Foto in meiner Brieftasche anzusehen, und mich packte die kalte Wut.

»Er ist verknackt worden, weil er Pech hatte. Er war Beifahrer in einem gestohlenen Auto.«

Thelma senkte den Kopf und spielte mit einer der Perlen.

»Hat er geholfen, es kurzzuschließen?«

»Er wußte gar nicht, daß es gestohlen war. Aber versuch mal, das zu beweisen.«

»Was habt ihr denn für einen Anwalt gehabt?«

»Anwalt? Träumst du?« Ich steckte die Hand in meine Handtasche und quetschte die Brieftasche zusammen, einschließlich seines Fotos. Ich mußte es gar nicht anschauen. »So eine Votze mit College-Abschluß hat

Tommy gesagt, wenn er nur ›kooperativ‹ wäre, kriegte er Bewährung.«
»Und?«
»Und ›kooperativ‹ hieß, er sollte bezeugen, daß sein Kumpel Skip Hartman das Auto gestohlen hatte.«
»Sie wollten einen Informanten?«
»Das sagst du. Tommy sagt ›Verräterschwein‹. Dann sagte die Votze, daß er kein stabiles Zuhause hätte, weil er bei unserer Oma lebte, und sie empfahl ihn zur ›Rehabilitation‹.«
Thelma konzentrierte sich auf ihren Drink. »Wie funktioniert das?«
»Echt toll. Sie machten sich daran, ein glückliches, normales Kind in ein verängstigtes, zorniges zu rehabilitieren.«
»Was passierte mit dem Jungen, der das Auto gestohlen hatte, diesem Skip?«
»Gar nichts, verdammte Scheiße!« Das sagte ich so laut, daß Albert sich umdrehte und ich meine Lautstärke senken mußte. »Er war nämlich der Enkel des großen Richters August Hartman.«
»Beziehungen?« Sie sprach auch leiser. »Hier rechnest du ja mit dem ganzen Beziehungsscheiß. Aber ich wußte nicht, daß es das oben im Norden auch gibt.«
»Der einzige Unterschied ist, daß die Yankees es auf die feine Tour machen. Richter Hartman ließ nur seinen Lieblingspsychoklempner schwören, daß Tommy einen ›schlechten Einfluß‹ auf Skip ausübte. Also handelte der aus, daß Skip einmal die Woche zur Therapie ging, und jetzt läuft die Ratte frei rum.«
Thelma seufzte und zupfte an ihrem Saum. »Am Ende läuft doch immer alles aufs Geld hinaus. Hast du was, bist du was. Hast du nichts, bist du nichts .«
»Wem sagst du das? Ich hätte alles gegeben, um meinen kleinen Bruder da rauszukriegen, aber was ich zu geben hatte, war nicht genug.«

Ich erzählte ihr nicht die ganze Geschichte, weil mir immer noch speiübel dabei wurde. Wie das hohe Tier, der Herr Richter, versprochen hatte, Tommy Bewährung zu verschaffen, und was mein Anteil an dem ganzen Handel war. Ich akzeptierte seine Bedingungen und gehorchte jedem einzelnen seiner abartigen Befehle. Selbst als ich kotzen mußte. Aber als er mit mir fertig war, sagte er, der Deal gilt nicht. Er rührte keinen Finger für Tommy.

Und sagte: »Verklag mich doch.«

Es war schlimmer, als um Geld beschissen zu werden. Das kapieren Männer nicht an uns.

Der Abend wurde netter, als Porkchop, der Stepptänzer, hereinstolziert kam und erst Thelma ein Tänzchen mit ihm machte und dann ich. Natürlich nicht eng. Ich bin zwar durch und durch Yankee, aber das hier ist der tiefe Süden, und wenn ich hier leben will, muß ich die Regeln befolgen.

Frogman war mitten in seiner Show und sang seinen Erkennungssong: »I'm a fast-talking, slow-walking, good-looking fat-assed frog ...«, als auf zwei wackligen Beinen der Ärger leibhaftig hereinkam.

Mit bürgerlichem Namen hieß er Dino Parisi.

»Ein'n Scotch hierher!« sagte er mit schleppender Stimme, als er zum Tresen stolperte, so nah an mir vorbei, daß ich die feuchte Wärme seines Körpers spürte. »J&B, nich die Scheißhausmarke.«

Albert lehnte sich über die Zapfhähne. »Dino, du weißt genau, du hast Lokalverbot vom Boß. Bitte geh!«

»Hurwitz soll sich ins Knie fick'n! Der schul'et mir noch Lohn.«

»Aber du weißt, wie jähzornig Sid ist.«

»Ich wer'schon mi'ihm fertig. Keine Sorge.«

Ich schob mich vom Barhocker, und Dino fiel darauf. Thelma und ich einigten uns stillschweigend, uns an einem Tisch wiederzutreffen, nahmen unsere Handtaschen und begaben uns von dannen. Zoff vermeiden wir, wo wir können.

Sid Hurwitz besitzt drei Clubs im Quarter, und der Bursche ist so reich, daß er selbst dann recht hat, wenn er unrecht hat. Und wenn ihm überhaupt jemand Paroli bieten kann, dann so sicher wie das Amen in der Kirche nicht Dino Parisi.

Dino war ein nichtsnutziger Junkie, hatte aber immer noch genug Beziehungen, um auf der Straße Arbeit als Clubmanager zu kriegen. Dann blieb er ein paar Wochen in einer Bar, bis der Besitzer so schlau war, ihn hochkant rauszuwerfen.

Dino managte Papa Joe's, als ich in der Tagesschicht dort tanzte, und ich erinnere mich, daß er alles klaute, was nicht niet- und nagelfest war, aus der Kasse, von den Gästen und besonders von den Angestellten. Er kam immer in die Garderobe der Stripperinnen und wühlte überall nach etwas herum, das sich zu klauen lohnte. Sein ganzes Geld ging in seine Venen.

Er hatte es gerade geschafft, die Figaro drei volle Nächte zu managen, als Sid Hurwitz ihn beim Griff in die Kasse erwischte und einen seiner berühmten Wutanfälle kriegte. (Er ist eben kein Italiener wie die meisten Clubbesitzer, die bei Langfingern eher ein Auge zudrücken.) Es hieß, er hätte auf der Stelle schwere Körperverletzung begehen wollen, sich aber dann doch für rotgesichtige Drohungen entschieden.

Das war letzten Monat.

Als Frogman mit seinem späten Auftritt fertig und abgetreten war und auch fast alle Gäste die Biege gemacht hatten, blieb Dino am Tresen hängen und motzte rum, daß Sid ihm drei Nächte Bezahlung schuldete. Albert weigerte sich, ihn noch zu bedienen, hatte aber zuviel Schiß, um ihn rauszuschmeißen. Er drehte ihm den Rücken zu und fing an, die Gläser zu polieren.

Thelma hörte, wie die Tür kraftvoller als üblich geöffnet wurde, aber wir hätten nicht zu quatschen aufgehört und uns umgeschaut, wenn nicht der ganze Club auf einmal mucksmäuschenstill geworden wäre. Nur die Musikbox spielte »Reach out«, ganz für sich allein. Und auch dann schauten wir nicht aus Neugierde hin, sondern aus Selbstschutz.
»Herr im Himmel«, murmelte Thelma, »das Jüngste Gericht.«
Ein rotgesichtiger Sid Hurwitz stand mit einer Automatik in jeder Hand im Eingang.
»Du Arschloch! Ich habe dich gewarnt: Bleib aus meinem Laden!«
Dino war so vollkommen weggetreten, daß er Sid nicht mal ernst nahm, Thelma und ich aber sehr wohl. In aller Eile schoben wir uns gegenseitig nach unten auf den hübsch einladenden Fußboden. Die wenigen anderen späten Gäste folgten unserem guten Beispiel, und als nächstes hörten wir Alberts jammerige Stimme.
»Ich hab's ihm gesagt, Sid. Aber er wollte ja nicht gehen.«
Jetzt wo sie aus der Gefahrenzone war, wagte Thelma, hochzulangen und ihre Tasche vom Tisch zu schnappen. Sie landete dumpf zwischen uns.
»Verdammt, es ist *mein* Laden«, sagte Sid. »Und ich mach ihm Beine!«
Wir hörten Dino vom Hocker taumeln und dann einen Schuß. Er ächzte nur »Au!«, und dann kam noch ein Schuß und nach einem Moment Zögern sicherheitshalber noch vier. Ich hörte nicht bewußt zu, aber der Knall und die Zahl der Schüsse brannten sich in mein Hirn und dann das Geräusch, wie Dinos Körper auf den Boden glitt. Er blutete aus Stirn, Armen und Brust.
Thelma hatte ihn von unserem Beobachtungsposten unter dem Tisch vorzüglich im Blick. Sein Gesicht war uns zugewandt, seine Augen standen offen, sein Mund

arbeitete. Sid hatte es geschafft, ihn sechsmal zu treffen, ohne einen sauberen tödlichen Treffer zu landen.
Thelma und ich sahen uns an. Sie als ausgebildete Krankenschwester, war sie etwa drauf und dran, loszurennen und dem armen Unglücklichen beizustehen? Mitnichten!
Wir blieben auf unserem Posten, bis wir Sids Beine und Füße über Dino hinwegtreten sahen und hörten, wie er auf einen Hocker kletterte und zwei Pistolen auf den Tresen fielen, eine nach der anderen.
»Gib mir einen Whiskey/Soda, Albert. Den brauch ich jetzt.«
Das Signal, daß die Entenjagd zu Ende war, löste die Spannung, und die Leute fingen an zu murmeln, mit den Stühlen zu schrappen und aufzustehen. Jemand lachte vor Erleichterung. Ein anderer sagte: »He, Sid? Wir sollten besser einen Krankenwagen rufen, was meinst du?«
Sid hatte keine Einwände, und der Krankenwagen wurde gerufen.
Thelma griff nach der Tischkante, zog sich hoch, strich sich über ihr Kleid und untersuchte es nach fehlenden oder beschädigten Perlen.
Ich beobachtete immer weiter, wie Dino zuckte und blutete, als ob ich wartete, daß ein kleines Tier starb, damit ich es in Zeitungspapier wickeln und in den Müll werfen konnte. Als die hübschen jungen Männer in Weiß kamen, bewegte sein Mund sich nicht mehr.
Die barmherzigen Samariter verschwendeten nicht viel Zeit, um festzustellen, daß er tot war, sondern hoben ihn schnell auf die Bahre und zogen das Tuch über sein Gesicht.
Ich nahm an, daß das die Krise war, vor der mich meine Karten gewarnt hatten. Dank sei dem Allmächtigen. Der Blitz hatte den Turm von jemand anderem getroffen. Die Sache war gegessen. Sollte sich Dinos Mutter

mit der ominösen Schwerter Zehn beschäftigen. Wenn er eine Mutter hatte.

Die Mordkommissionsbullen folgten den Weißen auf den Fersen und verhielten sich so respektvoll wie nur irgendwas. Aber nicht gegenüber dem Toten. Väterlich legte der Sergeant Sid die Hand auf die Schulter.

»Mr. Hurwitz? Ich weiß, das ist sehr schwierig für Sie, aber Sie müssen ein paar Minuten drüben auf der Wache verbringen. Nur eine Formalie, Sie verstehen.«

Sid schüttelte die Hand ab und hielt sich an seinem Drink fest.

»Das Schwein war hier in meinem Laden. Er hatte kein Recht, hierherzukommen. Ich habe ihn gewarnt.«

»Ja, Sir. Und Ihr Anwalt wird benachrichtigt werden. Er kann Sie auf der Wache treffen, in Ordnung?«

»Ben Levy«, murmelte Sid in seine Krawatte. »Ein guter Mann.«

Der Streifenpolizist dienerte artig. »Sie verstehen, Mr. Hurwitz, der Sergeant und ich, wir tun nur unsere Pflicht.«

Thelma stieß mich mit dem Ellenbogen an. »Wenn Sid heute abend duscht, muß er sich den Arsch nicht waschen«, flüsterte sie. »Den lecken sie ihm fein sauber.«

»Ja«, sagte ich. »Geld regiert die Welt, stimmt's? Komm, wir verpissen uns.« Wir nahmen unsere Taschen. »Was willst du wetten, daß Sid eher zu Hause ist als wir?«

»Gar nichts, Mädchen. Meine paar Piepen, die behalt ich.«

10

New Orleans, Januar 1990

Ich war so lange nicht mehr in der Zeitung gewesen, daß der Wachmann am Tisch mich nicht erkannte und oben anrief, ob ich durch dürfte.

Mein Redakteur Felix hat einen Aschenbecher, der so groß wie eine Radkappe und ungefähr einmal in der Stunde voll ist. Sein Büro ist immer zugequalmt, was ein Grund ist, warum ich ihn nicht gern besuche. Raucher meide ich aus Prinzip und so gut ich kann.

»Hi, Margo.« Er wedelte mit der offenen Manschette seines Hemdes. »Nehmen Sie Platz.«

»Ich versuch's mal.«

Jeder Stuhl im Zimmer war mit Büchern und Papieren beladen, aber ich sah, daß es ihm bitterernst war, suchte mir einen Stuhl neben dem Fenster, befreite ihn von seiner Last und pflanzte mein Hinterteil darauf.

»Wie würde es Ihnen gefallen, wenn Sie aus dem Klatsch und Tratsch mal rauskämen?«

»Wie es mir gefallen würde? Wollen Sie mich auf den Arm nehmen? Sie meinen, ich kriege endlich mal eine richtige Story?«

»Ich meine, Sie sind soweit, daß Sie mal was Seriöses machen können.«

»Heißa! Ich will was über den Baseballmützendealer schreiben.«

»Den was?«

»Sie haben doch von dem Weißen gehört, der schlechtes Dope in den Slums vertickt?«

»Klar, angeblich trägt er eine Baseballmütze und verkauft hochreines Heroin.«

Felix hatte keine Doppelfenster im Büro, der Wind rüttelte an der Scheibe. Ich ließ meine Jacke an.

»Sein Stoff ist so rein, daß schon drei Teenager an einer Überdosis krepiert sind. Das Thema will ich.«
Er kratzte sich da am Kopf, wo noch Haar war. »Was ich nicht verstehe, ist, daß die Junkies bei der Baseballmütze nicht allmählich durchblicken.«
»Also setzen Sie mich auf die Story an?«
»Zum Teufel, nein«, gluckste er. »Die Ghetto-Dope-Szene ist zu heavy für Mrs. Julian Fortier. Es würde Ihr Image ruinieren.«
»Ich brauche mein Image nicht.«
»Aber die Zeitung.« Ablehnend winkte er mit seiner Leichtzigarette. »Nein, ich will, daß Sie ein weiches Thema machen, ein menschlich interessantes.«
»Statt weich sagen Sie lieber seicht. Was denn? Cockerspaniel arbeitet mit reuigen Ladendieben und findet Liebe, Job und neues Leben?«
»Nein, aber ... He, das ist eine gute Idee. Ich will, daß Sie über diesen Kriegshelden Philip Rudd schreiben.«
»Noch nie was von gehört.«
»Er hat zwei Jahre als Kriegsgefangener in Vietnam verbracht.«
»Hören Sie, Chef. Es gibt Hunderte von menschlich interessanten Ex-Kriegsgefangenen. Was ist an dem hier so aufregend?«
»Von posttraumatischem Streß-Syndrom haben Sie schon mal gehört?«
»Klar, das war doch vor ein paar Jahren der große Hit. Vietnamveteran knallt durch und mäht die ganze Familie nieder, einschließlich Wuffi, dem Hund.«
»Ich freue mich, daß Sie die nötige Sensibilität für das Thema aufbringen.« Felix ging an mir vorbei und sah aus dem klappernden Fenster. »Ja, gewalttätiges Verhalten ist mit dieser psychischen Störung in Zusammenhang gebracht worden. Wer weiß, wieviel tausend Männer diese Zeitbombe im Kopf ticken haben?«
»Das Veteranenkrankenhaus hat schon eine Therapie-

gruppe.« Ich angelte mein Adreßbuch aus der Tasche und suchte unter »V« und dann unter »E«. »Ein Typ, der Clerow Evans heißt, macht sie. Angeblich ist er gut.«

»Zweifellos. Aber Evans arbeitet nur auf lokaler Ebene. Philip Rudd war einer der Pioniere des Programms in New York und ist landesweit bekannt. Er war in ›Geraldo‹.«

»Wow! Ein Star!«

»Genau. Und er ist für zwei Wochen hier in New Orleans, um die Veteranengruppe hier zu beraten.« Felix faltete einen Umschlag und quetschte ihn zwischen Fenster und Rahmen, damit das Klappern aufhörte. »Ein Artikel zur rechten Zeit zu diesem Projekt spricht vielleicht Leute an, die Hilfe brauchen.«

»Und Spender.«

»Die auch. Warum nicht?«

»Das Ding ist ein Leckerbissen, Felix. Aber warum bin *ich* die Glückliche? Sie haben mindestens zwei Männer in der Redaktion, die als Soldaten in Vietnam waren.«

»Sie sind dran.« Das sagte er zu dem Parkplatz draußen.

»Was?«

»Philip Rudd hat ausdrücklich um Sie gebeten. Alles klar? Unmißverständlich.«

»Warum ich? Ich hab noch nie von dem Typ gehört.«

»Wahrscheinlich hat er Ihre Werke zur Kenntnis genommen.«

»In New York? Sie schmeicheln sich, was Ihre Verbreitung angeht.«

»Na ja, aber von irgendwoher muß er Sie doch kennen.« Felix drehte sich um und gab mir eine Hotelkarte mit einer Telefonnummer auf der Rückseite. Die war fürs Meridian, das europäische Grand Hotel auf der Canal Street. Hübsche Absteige für einen Missionar. »Außerdem sind Sie wegen Ihres Alters qualifiziert,

über dieses Thema zu schreiben. Sicher erinnern Sie sich an den Vietnamkrieg.«
»Nicht ganz so gut wie an die Balgerei bei den Thermopylen. Aber vielen Dank, daß Sie meine ausgereiften Talente, Beziehungen und Kenntnisse ins Spiel bringen.«
»Sie müssen doch Männer gekannt haben, die rübergingen, um dort zu kämpfen, Freunde, Klassenkameraden ...«
»Ich war mit einem Warrant Officer verlobt, Dennis McMurtry.« Die Karte wanderte in meine Tasche. »Ich habe immer noch einen Stapel Briefe von ihm irgendwo in einem Schrank verstaut.«
»Sehen Sie? Sie waren Zeugin unserer kollektiven Geschichte.« Felix schnipste mit den Fingern. »Das wär doch was für eine Randspalte! Vielleicht können Sie sich mit diesem McMurtry wegen eines Interviews in Verbindung setzen.«
»Nein, das todsicher nicht.«

11

New Orleans, Juli 1970

Ich wachte allein auf. Sostenne war früh nach Evangeline Parish angeln gegangen, und ich hatte die Wohnung für mich. Was für eine Erleichterung, Simon & Garfunkle statt Iry LeJune zu hören.
Wie üblich rollte ich mich aus dem Bett und rannte als erstes zum Briefkasten, aber diesmal vergebens. Gnadenlose Leere.

Wieder drin, trällerte ich mit Paul und Artie »Why don't you write me, I sent you a letter« und machte mir einen Krug Kool-Aid. Zehn Cent das Tütchen, billiger als Shasta. (Der Sechserpack nur neunundvierzig Cents.) Als ich hörte, daß Zyklamat verboten werden sollte, eilte ich schnurstracks zu Schwegmann's und kaufte alles Kool-Aid-Orange auf, das sie hatten. (Die anderen Geschmacksrichtungen bringen's nicht.)
Ich setzte mich in die Küche, schlürfte das herrliche Gesöff und las *Die sinnliche Frau*. Ich dachte, ich könnte was Praktisches für meine Flitterwochen lernen, aber »J.« wußte auch nicht mehr darüber, wie man es einem Mann schön machen kann, als ich. Die dumme Kuh meinte zum Beispiel, man sollte dem Typen Schlagsahne auf den Schniepel schmieren. Ich würde aber mal glatt davon ausgehen, daß ein Mädchen, das entweder Schlagsahne *oder* Schniepel wirklich mag, darauf verzichten würde.
Ich hatte das zehnte Kapitel zu Ende gelesen und schnappte ein bißchen frische Luft an der Fliegengittertür, da sah ich, wie ein Soldat das Gartentor aufmachte. Ich hielt den Atem an, er kam den Plattenweg rauf. War das mein wunderbarer Dennis, der irgendwie Urlaub ergattert hatte und mich jetzt überraschen wollte? Nein, der Soldat war zu groß. Außerdem, das sah ich jetzt, war er Captain. Den Mann hatte ich noch nie gesehen.
Vielleicht ein Freund von Dennis, der mal vorbeikommen und Hallo sagen wollte und mich zum Essen einlud. Zu Antoine's vielleicht. Was sollte ich anziehen?
Aber als der Captain an meiner Tür ankam, lächelte er nicht wie ein Typ, der mal vorbeikommen und »Hallo« sagen wollte.
»Miss Margaret Svenson?«
Ich lächelte auch nicht mehr. »Ja!« Eine Antwort, als ob ich sagen wollte: »Ja, hier. Zu Befehl!«

Er nahm seine Mütze ab und hielt sie vor sich. Er war blond. Ein König der Stäbe, nicht der Schwerter.
»Ich bin Captain Robert Rogers. Bitte, kann ich hereinkommen?«
»Oh, natürlich.« Ich schob den Riegel von der Tür zurück, und er trat ein, blieb in der Mitte des Zimmers stehen und schaute sich jede Wand einzeln an, als wolle er Zeit gewinnen.
Ich hätte »Zehn kleine Negerlein« vorwärts und rückwärts absingen können, bis er endlich den Mut hatte, mich anzusehen. »Ich habe leider eine sehr schlechte Nachricht für Sie.«
»Schlechte ...?« Ich dumme Pute. Langsam fiel der Groschen. »Über Dennis?«
Er schaute wieder weg. »Chief Warrant Officer McMurtry ist letzte Woche außerhalb Bien Hoas umgekommen.«
»Nein, doch nicht Dennis! Er kann nicht tot sein; wir wollten *heiraten!*«
»Es tut mir sehr, sehr leid«, sagte er zu der Kommode. »Die Ermittlungen dauern noch an.«
»Was für Ermittlungen?«
Er wurde verlegen. »Wenn Sie darüber reden wollen, rufen Sie mich einfach während der Bürozeiten an.«
Captain Rogers langte in sein Jackett und brachte eine Karte zum Vorschein. »Hier, bitte.«
Die Buchstaben verschwammen vor meinen Augen: »Captain Robert E. Rogers – C.I.D.«, und eine Nummer in New Orleans.
Er stopfte mir die Karte in die Hand, drehte sich um und ging hinaus. Ich umklammerte sie so fest, daß sie verknickte, und verriegelte die Tür hinter ihm. Den ganzen Weg hinunter zum Tor betrachtete ich ihn und haßte ihn so sehr, wie ich noch nie jemanden gehaßt hatte. Warum war er lebendig, groß und stark und Dennis kalt und tot? Und für uns beide das Leben zu Ende?

Wenigstens spürte Dennis nichts mehr.
Ich betrachtete mein Gesicht im Kommodenspiegel, und es sah überhaupt nicht anders aus. Ich drehte »Bridge Over Troubled Waters« auf volle Lautstärke, warf mich auf die Couch und wünschte, ich könnte mich betrinken. Oder mit dem Kopf gegen die Wand rennen, bis der Schmerz aufhörte, der viel schlimmer war als ein blutiger Kopf.
Der hübsche, schöne Dennis, der einzige Mann, der mich je geliebt hatte, war tot, tot, tot. Ich überlegte, ob auf seinem wunderschönen Gesicht Blut war. Das Scheißarschloch von Captain hatte überhaupt nicht erzählt, wie er umgekommen war.
Der Hubschrauber war bestimmt abgeschossen worden. Ganz bestimmt.
Ich trauerte nicht nur um Dennis, ich trauerte um mich, mein zukünfiges Ich. Mrs. Dennis McMurtry, Offiziersgattin, war auch tot. Und meine Chance, von der Bourbon Street wegzukommen. Und Tommys Chancen obendrein. Jetzt war die Zukunft meines Bruders wie seine Vergangenheit, nur länger und schmutziger.
Der Blitz hatte Dennis erschlagen und die Schwerter Zehn hatte *mir* Verzweiflung vorhergesagt.
Jetzt weinte ich, ohne es zu wollen. Flennend lief ich hin und her und zog mich zur Arbeit an. Mein Gesicht war naß, die falschen Wimpern klebten nicht, und ich konnte noch kein Make-up auflegen. Aber ich mußte einfach immer in den Spiegel schauen, wenn ich daran vorbeiging. Meine Augen sahen grüner aus, sie waren umgeben von roten Äderchen.
Ich kam gar nicht auf die Idee, zu Hause zu bleiben. Wenn eine Tänzerin fehlt, ist die Arbeit für die anderen Mädchen viel härter, und das wollte ich ihnen nicht zumuten. Außerdem würden meine Augen unter den rosanen Lampen bei Madame Julie's sowieso nicht rot aussehen.

Nach meiner dritten Show ging ich zum Palace Club, wo Phil D'Ray mit seiner Bauchrednernummer auf der Bühne stand. Sein Dummy ist ein Schimpanse, und er darf alle guten Sprüche sagen. Es wirkt auch so, als sei der Dummy jünger und viel lebhafter als Phil, aber das ist bestimmt eine Täuschung.

Sie hatten gerade mit ihrer Nummer begonnen. Der Schimpanse erzählte Phil, daß er so gern Menschen frißt. Sein Lieblingsessen, sagte er, sei Hippiefilet, aber das koste zweimal soviel wie anderes Menschenfleisch. Phil fragte: »Warum ist Hippiefleisch so teuer?«

Darauf der Dummy: »Hast *du* schon mal versucht, einen von denen sauberzumachen?«

Alle lachten, nur ich nicht.

Thelma war oben in der Gemeinschaftsgarderobe, die sie zusammen mit der Quastentänzerin und den zwei Stripperinnen hat, deren Spezialität der String unter dem String ist. Sie wand sich in ein blaues, paillettenbesetztes Kostüm, als ich reinkam. »Hallo, Mädchen.« Sie winkte und zog es noch einmal in Form, dann sah sie die Bescherung. »Verflucht, was ist denn mit dir los?«

»Dennis! Er ist tot!« Ich fing wieder an zu heulen. Schlimmer als vorher, als wäre gerade ein Verband von einer nicht verheilten Wunde abgerissen worden.

»Oh, du armes kleines Ding!« Sie legte die Arme um mich und hielt mich fest, als ob es hülfe, wenn sie mir die Adern abbände. Ihre Pailletten machten rosa Abdrücke in meine Arme und mein Gesicht. Die anderen Tänzerinnen schauten in verschieden Stadien der Gleichgültigkeit zu.

»Shawna?« Thelma ließ mich los und stieß eine an, die ein Zebrafell trug und eine Nummer mit ihrer Schlange Biff macht. Shawna legt ihren *Enquirer* weg.

»Jaa?«

»Geh runter und hol dem Mädchen hier eine Kognak-Cola.«

»Ja, klar.« Shawna zog sich ihren Satinmantel über. »Auf deine Rechnung, oder?«

»Ja, auf meine. Setz deinen Hintern in Bewegung.« Shawna stolzierte die Treppen runter, und Thelma nahm mich mit in ihre Privatecke, wo frische Luft aus der Klimaanlage kam. Sie gab mir ein Handtuch, damit ich mir die Nase nicht an ihrem Kleid abwischte.

»Willst du mit zu mir kommen, Süße? Du brauchst jemanden zum Reden.«

»Nein. Ich kann nicht.« Sostenne hatte mir das auch angeboten, als ich ihn angerufen hatte, aber ich war fest entschlossen, die Nacht allein zu schaffen. Ich konnte nur nicht aufhören zu weinen.

»Also gut, jetzt erzähl mir mal, wie es passiert ist.«

»Ich – weiß – nicht – wie.« Ich schluchzte und versuchte zwischen den Worten Luft zu holen. »Er – muß – erschossen – worden – sein.«

»Hm, woher weißt du das denn?«

»Dieser – Captain.« Ich putzte mir die Nase mit dem Handtuch, das half. »Ist zu mir nach Hause gekommen und hat's mir gesagt.«

»Ein Captain?« Thelma tastete nach einem Hocker hinter sich und zog ihn heran. »Wieso ist der zu *dir* gekommen?«

»Natürlich ist er zu mir gekommen.« Ich heulte immer noch Rotz und Wasser, aber wenigstens war ich jetzt so beieinander, daß ich deutlich sprechen konnte. »Dennis und ich waren verlobt.«

»Aber, Süße, davon hat die Armee keinen blassen Schimmer. Sie benachrichtigen nur die allernächsten Verwandten. Das wäre Dennis' Mutter und nicht du.« Ich fand eine trockene Stelle im Handtuch und putzte mir noch einmal die Nase.

»Aber er hat doch bestimmt allen von mir erzählt.«

»Das spielt überhaupt keine Rolle«, beharrte sie. »Sie machen nur das rein Formale. Letztes Jahr hat's den

Verlobten von meiner Nichte Bedelia in Da Nang erwischt, und sie hat es erst erfahren, als ein Brief von ihr zurückkam, und da stand ›Verstorben‹ quer drüber.«

Der Quatsch interessierte mich nicht die Bohne. Ich wollte nur über Dennis reden und wie sehr ich ihn liebte, aber sie schwafelte einfach weiter.

»Was hat der Captain denn zu dir gesagt?«

»Ich weiß nicht mehr genau.« Warum zwang sie mich, mich zu erinnern? »Er hat mir seine Karte gegeben, falls ich ihn anrufen will.« Die Karte war in der Seitentasche meiner Handtasche, ich fischte sie raus, nur damit sie mit der Fragerei aufhörte.

Thelma nahm die Karte und hielt sie auf Armeslänge von sich weg. »Captain Robert Rogers, C.I.D., U. S. Army. Aha, das habe ich mir gedacht. Wer seine Nase in Sachen steckt, die ihn nichts angehen, und die Freundin eines Mannes belästigt, ist garantiert C.I.D.«

Ich sprach durch das Handtuch. »Was ist C.I.D.?«

»Armeebullen.«

Shawna kam zurückgeschlurft, stellte meinen Drink auf Thelmas Garderobentisch und setzte sich wieder an ihren *Enquirer.*

Ich beneidete sie schmerzlich und wünschte inständig, daß ich mir über nichts anderes den Kopf zerbrechen müßte, als darüber, ob Barry Williams Maureen McCormick umschwänzelt, die auch zum »Brady Bunch«-Set gehört.

Thelma tätschelte mir die Schulter. »Und die interessieren sich nur dafür, wenn dein Junge Dennis nicht im Kampf gefallen ist.«

»Wie sonst sollte er umkommen?«

»Ganz einfach, durch glatten Mord.«

12

New Orleans, Januar 1990

Ich rief in der Anwaltskanzlei meines Bruders in New York an. Er war selbst am Apparat.
»Tom Gowan.«
»Hast du immer noch keine Sekretärin?«
»Manchmal haben wir Volontäre, aber bei dem Wetter nicht.«
»Arbeitest du immer noch in dem eiskalten Kellerloch?«
»Es ist gar nicht so übel.« Er klang müde, als hätte er gerade gegähnt. »Meine Kienten sind Schlimmeres gewöhnt.«
»Das kann ich mir lebhaft vorstellen. Das Pack!«
Ich habe meinem Bruder das Jurastudium an der Louisiana State University in der Hoffnung finanziert, daß er eines Tages ein prominenter Firmenanwalt werden und seiner großen Schwester einen Rolls Royce kaufen würde. Aber dann wollte er nichts weiter als einen miesen kleinen Job als Pflichtverteidiger, um jugendliche Übeltäter rauszuhauen. Mindestens die Hälfte von ihnen ist schuldig. Warum er sein Leben damit vergeudet, bleibt mir ein ewiges Rätsel.
»Die meisten meiner Kienten hatten nie auch nur die leiseste Chance, ein normales Leben zu führen«, sagte Tommy. »Du treibst dich ja mit Parasiten rum, die mit allen Privilegien aufgewachsen und trotzdem zu nichts nütze sind.«
»Aber sie sind *reich* und zu nichts nütze, und ich werde auch reich dabei.«
»Wenn dir das wichtig ist.«
»Natürlich ist es das.«
(So wie mein Bruder seinen Job macht, muß ich ihn ga-

rantiert ernähren, wenn wir beide alt und grau sind. Das ist ja auch nicht weiter schlimm, aber *einer* in dieser Familie muß ein bißchen praktisch denken.)
»Hör mal, Tommy, ich habe gerade haufenweise Geld hier rumliegen, einfach so.«
»Behalt es.«
»Wirklich?«
»Ich sag dir Bescheid. Alles klar?«
»Wann immer du was brauchst ...«, sagte ich. »Ich muß dich um einen Gefallen bitten.«
»Alles, was nicht unmoralisch oder ungesetzlich ist.«
»Zur Abwechslung weder das eine noch das andere. Ein Typ, der Philip Rudd heißt, ist angeblich bei so einem Veteranenprogramm bei euch oben und ...«
»Posttraumatisches Streß-Syndrom«, unterbrach mich Tommy. »Er ist in der City ziemlich bekannt.«
»Dann ist er also koscher.«
»Er war in ›Geraldo‹.«
»Es verschlägt mir den Atem.«
»Mir auch. Ich such ein bißchen Material zusammen und schick es dir mit Expreß, wenn du willst.«
»Danke.«
Dann sah ich ihn vor mir, wir er da in seinem eiskalten Büro saß und wahrscheinlich seinen Mantel anhatte und versuchte, mit einem mickrigen Radiator zu heizen. Im Januar arm in New York ...
»Tommy? Porto zahlt Empfänger.«
»Aber klar doch.«
»Weißt du ...« Hoffentlich hatte er warme Füße. Ich hatte ihm gerade Thermosocken geschickt. »Wenn ich daran denke, was ich für tolle Brüder haben könnte ...«
»Exakt. Ich auch, Schwesterchen.«

13

New Orleans, Juli 1970

Irgendwas war komisch, das spürte ich in der Sekunde, als ich nach Hause kam, noch bevor ich die Tür auf hatte. Als ich dann Licht anmachte und meine Extraperücken auf dem Boden sah, wußte ich, daß bei mir eingebrochen worden war.

Meine Taschenbücher waren von den Regalen gerissen und in alle vier Ecken geschmissen, die Kommodenschubladen rausgezogen, umgekippt und auf dem Linoleum ausgeleert worden. Lippenstifte rollten über den Boden, als ich durchs Zimmer ging. Auf meinen besten Nylondessous lagen Dennis' Fotos, und seine Briefe waren wie Konfetti verstreut. Mein Schrank stand offen, die Kleider waren rausgezogen und häuften sich auf dem Bett.

Ich ging in die Küche und holte mir eine Shasta-Cola. Die brauchte ich, mit Kool-Aid war's diesmal nicht getan. Ich fiel zurück auf die Couch und machte die Stereoanlage an. Dann setzte ich mich aufrecht hin und fragte mich, warum, zum Teufel, sie zum Anmachen noch da war, und der Fernseher auch. Ein schneller Blick in die Runde enthüllte mir, daß keine Wertsachen gestohlen waren. Vielleicht sogar überhaupt nichts.

Was für ein idiotischer Junkie war in meine Bude eingebrochen, bloß weil es ihm Spaß machte, so ein Chaos anzurichten?

Ich würde eh keine Träne darüber vergießen. Ich trank einfach nur meine Shasta, machte das Licht aus, damit ich das Durcheinander nicht sah, und weinte wegen Dennis.

Als ich am nächsten Mittag aufwachte, war ich fünf selige Sekunden lang glücklich und zufrieden, und dann fiel mir ein, daß Dennis tot war und mein Leben zu Ende und meine Wohnung von einem durchgedrehten Dreckskerl in einen Müllhaufen verwandelt. Ich hievte mich aus dem Bett, aber nicht, weil ich meinen üblichen Sonnenspaziergang zum Briefkasten antreten wollte. Dennis war tot, seine Briefe bedeuteten nichts mehr. Die süßen Versprechungen sollten nie mehr wahr werden.

Ich kniete mich mitten ins Zimmer und fing an, die verstreuten Briefe einzusammeln. Ich mußte alle Seiten aufheben, heraussuchen, zu welchem Brief sie gehörten, und der Reihe nach ordnen. Das schaffte ich spielend, weil ich jede einzelne Seite jeden Briefes auswendig kannte und genau wußte, welche wo hingehörte.

Ich hatte sieben Briefe zusammen, als ich ein Klopfen an der Tür hörte. Nein, zweimal Klopfen, deutlich und so laut, daß man es überall in der Wohnung hätte hören können.

»Momentchen. Ich bin nackt.«

Ich wickelte mich in mein Baumwollgewand und machte auf, halb erwartete ich, daß Captain Rogers auf der Schwelle stand. Aber es war ein Zivilist in Levi's und Jeansjacke, ein Mann, den ich noch nie gesehen hatte.

»Miss Svenson?« Mein verwüstetes Gesicht war ihm offenbar nicht verborgen geblieben, denn er sagte: »Dann wissen Sie wegen Chief Warrant Officer McMurtry wohl schon Bescheid.«

»Ja, warum?«

»Ich war mit ihm zusammen in Vietnam.«

»Sie? Waren Sie befreundet?«

Der Fremde stand mit dem Rücken zur Sonne, seine Augen lagen im Schatten.

»Wir standen uns sehr nahe.«

»Oh! Kommen Sie doch herein!« Ich entriegelte die Tür. Dann fiel mir ein, wie es hinter mir aussah. »Tut mir leid, das Chaos. Ich ...«

»Aha, ja«, sagte er, als sei so eine Schweinerei nichts Ungewöhnliches und bei ihm zu Hause sehe es nicht anders aus.

»Als ich gestern nacht weg war, hat hier jemand eingebrochen.«

Er nickte. »Sieht ganz danach aus.«

»Ich habe nie einen von Dennis' Freunden kennengelernt. Ich bin wirklich froh, daß Sie gekommen sind.«

»Danke schön.«

Es heißt, Gegensätze ziehen sich an, und das dürfte die einzige Erklärung sein. Mein Dennis war ein blonder, muskulöser, mit Mais hochgepäppelter Junge aus dem Farmland von Ohio und sah aus wie einer Kellog's Cornflakes-Schachtel entsprungen. Sein Freund war dünn, sogar dünner, als ich sein wollte. Und machte einen ausgemergelten, ungesunden Eindruck, wie jemand, der nur nachts lebt. Er war auch dunkel und sah südländisch aus. Vielleicht Italiener oder was Exotischeres, Araber oder Türke.

Dennis war hübsch, er nicht. Kein Mann, mit dem ich, außer für Geld, ins Bett gehen würde.

»Ich dachte, ich komme zuerst zu Ihnen.« Seine Stimme war tief und rauh, mit einem gutturalen New Yorker Akzent.

»Was dagegen, wenn ich rauche?«

»Was?«

Das hatte mich in meinem ganzen Leben noch keiner gefragt, und ich verstand auch erst, was er meinte, als er eine Schachtel Salem aus der Jackentasche zog und sie hochhielt. Auf seinem Handrücken war ein tätowiertes M in Schreibschrift, das in einer Pfeilspitze endete wie der Schwanz vom Teufel.

»Nein, nein. Rauchen Sie nur.« Ich sprang zum Müll, um eine Bierdose zu holen, entschied mich aber dann für die feine Art und gab ihm eine Porzellanuntertasse als Aschenbecher. »Fühlen Sie sich ganz wie zu Hause.«

Er setzte sich auf die Couch und schlug die Beine übereinander. Er hatte Stiefel an. Keine Cowboystiefel wie Sostenne, sondern knöchelhohe Stadtstiefel. Er betrachtete eine Minute lang seinen Rauch und fragte dann: »Wann haben Sie es erfahren?«

»Gestern.«

»Wer hat es Ihnen gesagt?«

»Captain Robert Rogers.«

Er blies einen Rauchring und zog die Wangen ein, so daß er noch dünner aussah. »C.I.D.?«

»Ja. Kennen Sie ihn?«

»Ich kenne den Laden.«

»Dann können Sie mir hoffentlich erzählen, was hier abläuft, Mr. ... hm?«

Viele Männer sagen nicht gern ihre Nachnamen, deshalb insistiere ich nie darauf, sondern mache nur eine zarte Andeutung.

»Savitch«, sagte er.

»Kein Vorname?« Das sollte ihn zum Lächeln bringen. Normalerweise bringe ich einen Typ zum Lächeln, das ist Teil, wenn nicht Großteil, meines Charmes. Aber der hier lächelte nicht. Statt dessen fixierten mich seine beinahe-schwarzen Augen mit einem so durchdringenden Blick, daß ich fast zurückzuckte.

»John Savitch.«

Einen vornehmeren Namen als John gibt es nicht. Er aber sah so absolut nicht nach John aus, daß ich nur »oh« sagte.

»Ich erzähle Ihnen, was passiert ist, wenn Sie es aushalten.« Ich nickte heftig, damit er sah, daß ich es aushielt.

»Okay. Ihr Freund ist vor fünf Tagen ermordet worden.«

»Mein Verlobter.«

»Was?«

»Wir wollten heiraten, wenn er zurückkam.« Zum Beweis zeigte ich ihm den Ring.

»Herzlichen Glückwunsch.«

»Dennis hat mir auch noch jede Menge andere Geschenke geschickt.« Ich kniete mich hin und hob ein Paar dünne rote Unterhöschen vom Boden auf. »Er war sehr sinnlich.« Ich drehte sie um und zeigte ihm die applizierte Pussykatze zwischen den Beinen. »Sehen Sie?« Dennis' Freund nickte. »Ja, und der Mann hatte Geschmack. Eindeutig.«

»Warum sollte ihn denn jemand ermorden? Dennis war der süßeste, liebevollste, wunderbarste ...«

»In schlechte Gesellschaft geraten«, unterbrach Savitch mich barsch, als wollte er nicht die ganze Litanei hören. »McMurtry und seine Crew hatten ein Unternehmen aufgezogen, das von der U.S.-Armee nicht unbedingt gutgeheißen wurde.« Er schnipste die glühende Asche ab. »Sie stahlen was von ihrer Fracht und verkauften sie auf dem schwarzen Markt.«

»Was für Fracht?«

»Gebrauchen Sie Ihre Phantasie.«

»Gewehre und so? Dennis war zu ehrlich.«

»Ehrlichkeit ist relativ.« Savitchs Stimme blieb gleichmäßig laut, als wenn eine Maschine summte. »Jeder hat seinen Umfallpunkt. Der Ihres Freundes, Entschuldigung, Ihres Verlobten war so in dem Dreh von zwanzig Mille.«

»Soviel hat er verdient?«

»Soviel *sollte* er verdienen. Aber er hatte eine bessere Idee.«

Urplötzlich hatte ich einen elenden Durst, stand auf und ging in die Küche.

»Wollen Sie Kool-Aid?«

»Nein, danke.«

»Bestimmt nicht? Es ist Orange.«

»Auch dann nicht, danke.«

Ich machte mir ein Glas mit Strohhalm und ging zurück ins Wohnzimmer.

»Dann war Dennis' ›bessere Idee‹, die ganze Operation abzublasen und sich zu stellen?«
Savitch legte den Kopf zurück und lachte, nicht fröhlich, sondern als ob er hustete. »Nein, Miss Svenson. Seine ›bessere Idee‹ war, seine drei Partner auszubooten und sich mit achtzig- statt zwanzigtausend zurückzuziehen.«
»Achtzigtausend Dollar? Das ist ein Vermögen!«
Savitch blies mal wieder einen Rauchring. »Das muß er auch gedacht haben.«
Auf seiner Untertasse war etwas Asche. Ich stand auf, nahm sie weg und leerte sie in den Mülleimer. Barmädchen leeren Aschenbecher reflexartig.
»Seine Partner übern Tisch zu ziehen ist natürlich schrecklich.«
»Schrecklich.«
Ich gab Dennis' Freund den Aschenbecher zurück und setzte mich auf den Gasheizkörper ihm gegenüber.
»Wie wollte er es machen?«
»McMurtry hatte für den Umtausch zu sorgen.« Als er sah, daß ich nur Bahnhof und Kofferklauen verstand, erklärte er mir: »Die Käufer zahlten bar, meist in Dollar oder Piaster, aber Bargeld kann man nicht sicher transportieren. Zu sperrig, leicht zu finden und schwer zu erklären, wo es herkommt. Ihr ... äh, Verlobter hatte den Auftrag, es in Diamanten umzutauschen.«
»Diamanten?« Ich hielt meinen Ring hoch.
»Nicht solche. *Wertvolle* Diamanten.« Er schaute in seinen Rauch und nicht in mein Gesicht. »Die härteste harte Währung. Kein Metall, tragbar, fast unzerstörbar. Diamanten.« Er drückte seine Kippe aus, als zerquetsche er eine Kakerlake mit dem Daumen. »McMurtry hat die Klunker gekauft, aber dann wollte er nicht teilen.«
»Was hat er damit gemacht?«
»Das ist hier die Frage. Damit er die beantwortete,

wurde er in den Dschungel gebracht und gefoltert.« Savitch sah mich an, als sehe er mich zum erstenmal. »Wollen Sie den Rest hören?«
»Ja.«
»Einer hat Mist gebaut und den Mann hingerichtet, wie auf dem elektrischen Stuhl.«
»Mit Strom mitten im Dschungel?«
Savitch tat die Frage mit einer Handbewegung ab. »Simple Technik mit einem alten batteriegeladenen Feldtelefon. Ein Draht um den großen Zeh, den anderen um die Genitalien. Eigentlich hätte gar nicht genug Spannung drauf sein dürfen, um einen gesunden Mann umzubringen. Ein reines Versehen.«
Ich schlug die Arme um mich und zitterte – in der Hitze von New Orleans. Ich dachte an Dennis' starken, hübschen Schwanz, dem ich soviel Zeit und liebevolle Aufmerksamkeit gewidmet hatte. Er bog sich nach links, wenn er ihm stand. Es war ihm sicher peinlich, daß die anderen Männer das sahen. Aber bei denen hätte er ihm doch nicht gestanden, oder?
Wenn ich mir Dennis jetzt so vorstellte, war er doch sehr tot für mich.
»Wie hieß er? Der, der es gemacht hat?«
»Das kann ich Ihnen nicht sagen. Zu Ihrer eigenen Sicherheit.« Savitch fuhr in seinem Bericht fort. »Die Klunker wurden weder an McMurtrys Körper noch in seiner Stube gefunden. Deshalb hatten Sie Besuch vom C.I.D.«
»Die glauben, Dennis hat *mir* die Diamanten geschickt?«
(So dämlich bin ich nun auch wieder nicht.)
Er stand auf, schaute sich im Zimmer um und nahm die ganze Schweinerei mit einer Handbewegung zur Kenntnis. »Irgend jemand ist offenbar zu diesem Schluß gekommen. Die Bude hier ist auf den Kopf gestellt worden. Und ich würde mal annehmen…« Er schüttelte

eine Salem aus der Packung, steckte sie sich unangezündet zwischen die Lippen und ging mit großen Schritten einmal quer durch die Wohnung. »Sie haben nicht gefunden, was sie suchten, sonst hätten sie aufgehört, als sie es gefunden haben. Und sie haben nicht aufgehört, bis das Unterste zuoberst gekehrt war.«

Ich lehnte mich an die Wand hinter dem Heizkörper. Jetzt brauchte ich eine Stütze. Es war eine Erleichterung, sich einfach nur zu entspannen und Dennis' Freund denken zu lassen. Elend, konfus und voller Angst, brauchte ich jetzt mehr als je zuvor einen Mann, an den ich mich anlehnen konnte. Ich würde den erstbesten nehmen. Typen aus New York sind nicht attraktiv, aber mit allen Wassern gewaschen.

Hier war ein König der Schwerter. Dunkel und mächtig.

»Und was soll ich tun?«

»Jetzt?« Er zündete das Streichholz an und hielt es an die Zigarette. Ich streckte die Hand nach dem Streichholz aus, er gab es mir. »In Betracht ziehen, daß die Diamanten vielleicht genau hier in diesem Zimmer sind.«

»Das müßte ich doch wissen, oder?«

»Nicht unbedingt.« Savitch atmete den Rauch ein und blies ihn an die Deckenlampe. »Er hat Ihnen doch alle möglichen Geschenke geschickt, stimmt's? Das ist ein idealer Weg, um aus Vietnam was rauszuschmuggeln.«

»Mit der Post?«

Er gestikulierte mit den Händen. »Wer kontrolliert schon die Päckchen, die ein G.I. seinem Mädchen in die Heimat schickt? Hm, wissen Sie genau, was von dem Kram hier Sie von ihm geschenkt bekommen haben?«

»Das will ich wohl meinen.« Ich schob meinen Hintern von der Heizung. »Jedesmal, wenn ich ein Geschenk bekommen habe, habe ich es in mein Tagebuch geschrieben, hier.«

Das Tagebuch lag unübersehbar auf der Kommode. Vielleicht hatten die Einbrecher (oder die Militärbullen, je nachdem) es deshalb nicht angerührt. Ich griff es am Rückeneinband, und als ich mich wieder hinsetzte, öffnete es sich automatisch am 6. März, dem Tag, an dem ich Dennis' ersten Brief bekommen hatte. Jeden Eintrag danach habe ich mindestens ein Dutzendmal gelesen, immer wieder auf den Spuren unserer erwachenden Liebe. Savitch lehnte sich an den Türrahmen, konzentrierte sich auf seine Zigarette und versuchte, nicht in mein Tagebuch zu schauen oder mich durchzuhetzen. Er war so einfühlsam, meine Intimsphäre zu respektieren. Und die von Dennis.

Ich durchforstete jede Seite. »Am zweiten Juni hat er mir das erste Geschenk geschickt. Diese chinesische Dame.« Ich nahm die bemalte Holzfigur vom Couchtisch.

Savitch beäugte sie ohne sonderliches Interesse. »Nummer eins.«

»Drei Tage später habe ich dieses bestickte Kissen gekriegt.« Es lag neben mir auf der Couch, aber als ich es umdrehte, sah ich, daß es unten aufgeschnitten war. »Oh, die Einbrecher!«

»Haben nichts gefunden. Und uns die Mühe gespart, nachzusehen.« Er rührte sich nicht vom Fleck.

Ich stand mit meinem Tagebuch in der Hand auf. »Und Sie wollen wirklich keine Kool-Aid?«

»Nein, ganz bestimmt nicht. Trotzdem vielen Dank.«

Er war so höflich wie ein Collegestudent. Obwohl ich genau sah, daß er keiner war.

Ich nahm die drei Slips mit den Applikationen vom Boden und gab sie ihm. »Die kamen am achten.« Savitch hielt sie der Reihe nach in das durch die Wohnungstür knallende Sonnenlicht, faltete sie adrett zusammen und schüttelte den Kopf. »Nichts drin. Was noch?«

Ich nahm die Hosen und legte sie weg. »Rosen zu meinem Geburtstag. Die sind verblüht, aber Sie können die Vase kontrollieren.«

»Zwecklos. Blumen werden telefonisch bestellt und von hier aus geschickt. Mit denen ist er gar nicht in Berührung gekommen.«

»Sie waren aber bildschön. Dunkelrot.« Zurück zu meinem Tagebuch. »Am zehnten Juni ein Fußkettchen mit Dennis' und meinen Initialen, ineinander verschlungen.«

»Gold? Ja, aha. Das brauchen wir uns auch nicht anzusehen.«

»Ein handbemalter Morgenmantel am dreizehnten. Normalerweise haben die Leute ja vor dem Dreizehnten Angst, aber für mich war das ein Glückstag, meinen Sie nicht auch?«

»Keine Frage.«

So ging's weiter, ich machte ein Häufchen aus den Geschenken: ein Anhänger aus rostfreiem Stahl, auf dem »War« stand, ein Elfenbeinschälchen für Gebäck, ein Jadering und diverse Unaussprechliche in allen Farben, einschließlich einiger, die zu durchsichtig waren, um überhaupt Farben zu haben. Aber keine Diamanten, wo Diamanten hätten versteckt sein können.

Es war nach fünf. Savitch zündete sich seine x-te Zigarette an, schüttelte den Kopf, und ich fühlte mich schuldig, daß er die ganze Zeit mit meinem Fall verbracht hatte und nur enttäuscht worden war.

Ich war fast am Ende der Tagebucheintragungen. »Das letzte, was Dennis mir geschickt hat, war diese Tarnjacke, aber ich habe sie nicht mehr, weil …«

»Weil? Wo ist die?«

Ich verstummte und sah ihn ruhig an. Ich hatte etwas Merkwürdiges in seiner Stimme entdeckt. Als ich das letzte Mal so einen Ton gehört hatte, warf ich mich sofort danach aus einem Auto, das mit fünfunddreißig

Meilen pro Stunde um eine Ecke fuhr. Und es hatte sich als kluge Bewegung herausgestellt.
Seine dunklen Augen durchbohrten mich, als er mich wieder fragte, leiser, fast flüsternd: »Wo ist die?«
»Bei Goodwill.« Ich war es gewöhnt, Männer anzulügen, meistens um ihnen zu sagen, was sie hören wollen. Aber diesmal hatte ich einen anderen Grund: Ich dachte an Tommy in seiner neuen Jacke.
»Bei Goodwill?« Savitch sah aus, als könne er durch mich durchsehen, bis hinunter zu der Lüge.
Ich lächelte mein süßestes Lächeln. »Ich dachte, die Jacke wäre ein Scherz. Weil es hier so heiß ist, verstehen Sie? Und ich sah grauenhaft darin aus, deshalb habe ich sie in den Altkleider-Container an der Ecke Bienville/Jeff Davies geschmissen.«
Mit drei langen Schritten kam Savitch durchs Zimmer und baute sich über mir auf. Der Mann war kleiner als einsachtzig und dünn wie ein Rasiermesser, aber als er so dicht neben mir stand, spürte ich eine gigantische Kraft in ihm. Diese übermenschliche Kraft, die man kriegt, wenn man wütend oder wahnsinnig wird. Ich zog die Schultern hoch, schaffte es aber, weiterzulächeln.
Er sprach nur so laut, daß ich ihn eben verstehen konnte, kein Phon lauter. »Könnte sie noch in dem Container sein?«
»Aber woher denn, nein.« Ich schaute mit Rehblick zu ihm hoch, als fühlte ich mich von ihm angezogen, da werden die meisten Männer zahm. Aber sein Ausdruck änderte sich nicht. »Ich habe sie am Mittwoch reingeworfen, und heute ist ...«
»Samstagabend! Goodwill hat wahrscheinlich bis Montag geschlossen.«
»Dann können wir es ja am Montagmorgen dort probieren«, erbot ich mich bereitwillig.
»*Ich* probiere es dort am Montagmorgen.« Zu meiner

Erleichterung drehte er sich um und machte die Tür auf, um zu gehen. »Dann komme ich wieder.« Er streckte die Hand aus, und ich blickte ihn eine Sekunde verständnislos an, bevor ich kapierte, daß ich sie schütteln sollte. Männer schütteln mir gemeinhin nicht die Hand.

Ich schloß die Tür hinter ihm und rannte zum Telefon. Mein erster Anruf war zu Madame Julie's, um Bescheid zu sagen, daß ich wegen eines Notfalls nicht zur Arbeit kommen konnte. Dann rief ich Eastern Airlines an und ein Taxi. Als ich mit Telefonieren fertig war, stieg ich in meine geblümten Hüfthosen und mein Woodstock T-Shirt. Zum Schluß wühlte ich eine Rolle mit grünem Nähgarn und Nähnadeln aus der Kommode.

14

Morristown, New Jersey, Juli 1970

In der hellen Nachmittagssonne hätte das North Jersey Youth Institute wie ein Sommerferienlager ausgesehen, wenn nicht ringsum der häßliche dreimeterfünfzig hohe Zaun und die Schilder gewesen wären mit den herzerwärmenden Aufschriften »Warnung! Dieses Gebiet wird bewacht!« und »Weitergehen nicht gestattet!«

Mit Artie im Wachschuppen hatte ich keine Probleme. Ein Kerl in seinem Job lernt nicht allzuviele Showgirls kennen, und er behauptet, er ist mein größter Fan. Während also Artie telefonierte, damit ich durch konnte, vollführte ich die Eröffnungsschritte meiner Nummer und machte meine berühmte einbeinige Kniebeuge. Artie ließ mich passieren, ich ging hinten in den Besucherbereich und steckte einen Claim an der entlegensten Picknickbank ab. Ich mußte nur ein paar Minuten warten, dann wurde Tommy herausgeschickt. Mit selbstsicheren Schritten kam er auf auf mich zu, wie ein Mann.

»Hi, Margie.«

»Tommy, du bist ge*wach*sen.«

Selbst als er noch klein war, wollte er nie, daß ich ihn umarmte und küßte. Immer zog er Grimassen und wich mir aus. Aber jetzt hielt er still. »Mußte ich ja.«

»Sind sie einigermaßen nett zu dir?« Blöde Frage.

»Keine Bange. Ich bin selber nett zu mir.«

Vor sechs Monaten war mein Bruder ein pummeliger Fünfzehnjähriger, der viel lachte und pausenlos über seine Modellflugzeuge redete. Jetzt hatte er sich ein paar Muskeln zugelegt und sah aus, als hätte er vergessen, wie man lacht. Und er hatte neue Falten um den Mund, die kein Kind haben sollte.

Ich holte seine Ladung Winston aus der Tasche und legte sie auf den Tisch zwischen uns. Er zog die Stange an sich, machte sie aber nicht auf und zündete sich auch keine an. Er raucht nicht.

»Danke, daß du gekommen bist, Schwesterchen. Ich kriege von niemandem Besuch außer von Father O'Hare.« Tommy legte eine Faust auf das rotweiße Winstonemblem. »Und der läßt sich auch nur blicken, weil er glaubt, er kriegt seinen Meßdiener zurück. Da hat er sich aber geschnitten.«

»Das stimmt nicht, Tommy. Father O'Hare taucht hier auf, weil er weiß, daß du hier nicht hingehörst.«

Wenn Tommy normale Eltern oder Geld gehabt hätte, hätte er so einen Schuppen wie den hier nie von innen gesehen. Aber er hatte nur eine senile Großmutter, eine große Schwester, die ihren Lebensunterhalt damit ver-

diente, ihren Arsch herzuzeigen, und einen Haufen Nichts auf der Bank.
Und wie Thelma sagt: »Hast du nichts, bist du nichts.«
Richter August Hartman hatte es, volle Kanne, aber nicht für uns.
Ich habe meinem Bruder nie was von Hartmans verlogenen Versprechungen erzählt und was ich dafür getan hatte, denn sonst wäre er ausgerastet, und er hatte schon genug Gründe, auszurasten. Er wäre sozusagen nie wieder eingerastet.
»Weißt du, was, Margie? Letzten Monat konnte O'Hare nicht kommen und schickte eine Nonne! Stell dir vor! Eine Nonne!«
»Er hat es gut gemeint!«
»Ja, er hat es gut gemeint, aber ich mußte mit dieser Scheißnonne in ihrem langen schwarzen Habit hier mitten auf dem Hof sitzen, und sie erkundigt sich, ob ich auch ordentlich esse, und die anderen Typen hatte alle normale Besucher!«
»Tut mir leid, Tommy. Ich würde öfter kommen, aber ich...«
»Das versteh ich ja. Jeder hat so seine Sorgen.«
Da mußte ich wieder an seinen letzten Brief denken.
»Belästigt dich Leroy immer noch?«
»Neuerdings nicht mehr. Er liegt im Revier.« Tommy beugte sich zu mir herüber und legte mir die Hand auf die Schulter, als sei er der ältere. »Und wie läuft's bei dir, Schwesterchen?«
»Wunderbar. Wir schaffen es.«
Er lächelte wehmütig. »Du und ich auf'm Militärstützpunkt, was?«
Da fiel mir ein, daß Dennis für Tommy ja immer noch lebendig war. Und unsere hübsche sonnige Zukunft auch.
»Das ist gegessen. Tut mir leid.«
Ich hatte erwartet, daß er vor Enttäuschung zusam-

mensacken würde, aber er zuckte nur mit den Schultern, als ob man Zukünfte tagtäglich verlieren könnte, und lächelte wieder. »Aha? Das Schwein hat dich gelinkt. Was gibt's sonst noch Neues?«
»Nein, nein! Er hat mich nicht gelinkt. Dennis hat mich geliebt. Wirklich.«
»Wirklich.« Er war nicht mal so neugierig, daß er fragte, was passiert war, sondern blieb nur schweigend sitzen. Ich gab mir einen Ruck und erklärte es ihm.
»Er ist dort umgekommen, hörst du? Er kommt nicht nach Hause.«
»Umgekommen?«
»Das passiert schon mal.«
»Ja«, kicherte Tommy. »Vielleicht war die Armee doch nicht so eine tolle Idee.«
»Ja, vielleicht.«
Mein Bruder sollte sich immer noch einen Heldentod für Dennis zusammenphantasieren können. Zum Beispiel in den Flammen über Da Nang abgeschossen oder bei einer mutigen Rettungsoperation von einem Heckenschützen getroffen.
»Hör mal, die Tarnjacke, die ich dir geschickt ...«
»Ja, schön«, sagte er mit tonloser Stimme, denn jetzt hatte die Jacke ihre Bedeutung verloren, das Versprechen auf ein anderes Leben.
»Hast du sie noch?«
»Schwester?« Er lächelte nur mit der linken Seite seines Mundes. »Ich habe mein *ganzes* Zeugs. Alles, mit dem ich eingefahren bin, und alles, was du mir geschickt hast.«
»Die Jacke ...«
»Die Jacke ist direkt neben meiner Koje, wo sie jeder sehen kann. Und jeder Nigger, der glaubt, sie sähe schöner an ihm aus, kann es ja mal probieren. Der soll sehen, wie er seinen schwarzen Arsch rettet.«
Ich langte über den Tisch und berührte seine Hand.

»Tommy, kannst du mir die Jacke mal eben holen? Ja?«
Wenn ich ihn vor sechs Monaten gebeten hätte, irgendwas für mich zu tun, hätte er gebockt, einen Flunsch gezogen, wäre von einem Fuß auf den andern getreten und hätte gesagt: »He, Margie, warum?« Doch jetzt stand er auf und ging zum Schlafsaal, ohne eine einzige Frage zu stellen.
Als er weg war, steckte ich zwei Quarter in den Automaten. Cola für mich und Needix für ihn.
Er kam zurück, trug die Jacke wie ein Bündel Lumpen, schmiß sie hin und nahm sein Needix.
»Ich glaube nicht, daß du viel dafür kriegst.«
»Ich will sie gar nicht verticken.« Ich hatte die Hand in der Tasche. »Setz dich so hin, daß niemand sieht, was ich mache.«
Jetzt wurde er neugierig. Er beobachtete mich, wie ich das Futter der Jacke befühlte, zuerst mit den Fingern, dann nur mit den Fingerspitzen.
»Was suchst du, Schwesterchen?«
»Jacks Zauberbohnen.«
»Ach so.« Jetzt lächelte er offen, fast wie als Junge, wenn ich ihm die Geschichte vorlas.
Ich fühlte am Rücken und dann vorn an den Druckknöpfen entlang. Nichts. Ich steckte die Hände in die Ärmel und tastete sie von beiden Seiten ab. Nichts. Auch nichts um den Kragen.
Tommy runzelte die Stirn. »Keine Zauberbohnen?«
»Wart's ab.« Dann versuchte ich es innen in den Schultern, wo mehrere Lagen Stoff waren, und spürte etwas Kleines, Hartes. Ich änderte meinen Gesichtsausdruck nicht, sondern nahm die Rasierklinge aus der Tasche und durchtrennte sorgfältig die Schulternähte. Mein Bruder machte den Mund auf, als der erste Stein auf dem Picknicktisch lag, und er machte ihn erst wieder zu, als die sechs Diamanten komplett in Reih und Glied lagen. Jeder einzelne ließ meinen kostbaren Verlo-

bungsring aussehen, als käme er aus dem Kaugummiautomaten.
Gemeinsam genossen wir den Anblick. Bis Tommy sagte: »Meine Fresse, das nenne ich Zauberbohnen!«
»Glaubst du immer noch, daß Dennis mich nicht geliebt hat? Die sind für uns, für einen neuen Anfang.«
»Toll.« Dann pfiff er sich zurück. »Ich meine, Dennis tut mir wirklich leid.«
»Mir auch.«
»Läßt du sie jetzt schätzen?«
»Keine Zeit.« Ich nahm die Steine und ließ sie einen nach dem anderen in mein Portemonnaie fallen. »Fädel mir mal den Faden ein, ja?« Ich gab ihm die Garnrolle und das Nadelbriefchen. »Jetzt näh ich alles wieder zusammen wie neu.«
»Klar.« Er zog eine Nadel heraus. »Aber was ist mit den Zauberbohnen?«
»Die wandern in einen Safe bei der Boonton Savings and Loan.«
Tommy befeuchtete den Faden, damit er besser in die Nadel ging. »Okay, und dann?«
»Dann schicke ich Father O'Hare den Schlüssel. In ein paar Monaten kriegst du Bewährung, dann holst du dir die Bohnen, und für dich ist gesorgt, ganz egal, was passiert.«
»Wie bitte?« Er beugte sich plötzlich vor. »Ganz egal, was passiert?«
»Tommy ...« Ich beugte mich auch vor, damit ich flüstern konnte. »Der Mann hat mich sehr geliebt. Das ist der Beweis.« Ich klopfte auf mein Portemonnaie. »Das mindeste, was ich für Dennis tun kann, ist herausfinden, wie er gestorben ist.«
»Das muß die Armee doch wissen.«
»Aber ich will es auch wissen. Ganz egal, was ich dafür tun muß.«

15

New Orleans, July 1970

Wieder einmal lag ich nackt ausgestreckt auf dem kühlen Badezimmerboden. Aber ich schlief nicht, sondern starrte den Schimmel auf dem Duschvorhang an. Da hörte ich das Klopfen an der Tür. Zweimal deutliches Klopfen. Ich schlüpfte in mein Wickelkleid und machte auf, ohne den Vorhang hochzuheben und durch die Glasscheibe zu schauen.

Eine Zigarette zwischen den Lippen, stand John Savitch da und schaute sich im Hof um, als dächte er darüber nach, ob er die Hütte kaufen sollte. Die Tür war schon ein paar Sekunden offen, bevor er es merkte. Dann sah er mich leicht überrascht an.

»Miss Svenson? Ich habe versprochen, ich käme wieder, stimmt's?«

»Stimmt. Ich freu mich, daß Sie gekommen sind.«

Ich trat zur Seite, so daß er hineingehen konnte. Die Schweinerei von den Einbrechern war aufgeräumt, und alles stand wieder an Ort und Stelle. »Kann ich Ihnen ...?«

»Nein.« Er hielt die Hand hoch, als wollte er ein Auto stoppen. »Kein Kool-Aid. Danke.«

»Haben Sie die Jacke bei Goodwill gefunden?« Ich lächelte unschuldig, als ob ich damit rechnete, daß er »Ja« sagte.

»Ja.«

Zum Glück verrutschte mein Lächeln nicht, und ich schaffte auch, es da zu behalten. »Toll! Huch! Sie brauchen einen Aschenbecher.« Ich rannte eilfertig in die Küche und gestattete mir einen kurzen Kollaps am Waschbecken.

Warum hatte ich so eine Angst? Diese Souvenirjacken

gab es wie Sand am Meer. Warum sollte eine davon nicht den Weg ins Goodwill gefunden haben? Wunderbar.

Als ich mit der Untertasse zurückging, war ich so cool und ruhig wie Katy Winters.

»Und haben Sie die Klunker gefunden?«

»Nein.« Er nahm die Untertasse, drückte rasch seine Zigarette aus und gab mir die Untertasse wieder. »In der nicht.«

»Was meinen Sie, ›in *der* nicht‹?« Ich leerte die einsame Kippe sorgsam in den Müll und ließ mich wieder auf der Heizung nieder.

»Ich meine, es gab noch mehr davon.« Savitch machte es sich auf der Couch bequem, streckte die Beine aus und schlug die Füße übereinander. »McMurtry hat sechs von diesen Tarnjacken im PX gekauft, alle am selben Tag, und zwar in der Woche vor seinem Tod.«

»Aber er hat mir nur eine geschickt.«

»Das weiß ich. Und zwar deshalb, weil die anderen fünf an fünf andere Mädchen in fünf anderen Städten gegangen sind. Verstanden?«

»Nein.« Ich polierte meinen Ring mit der Handfläche. »Dennis kannte keine anderen Mädchen. Ich meine ... nicht so wie ...

»Klar.«

Savitch zog seine Salems aus der Tasche, hielt ein Streichholz an eine und paffte sie schweigend, blies Rauchringe und beobachtete, wie sie sich um meine Lampe kringelten.

Er hatte die Zigarette fast bis auf ein Viertel geraucht, da platzte es aus mir heraus.

»Was für andere Mädchen?«

»Mädchen wie Sie.« Er nahm mich ins Visier. Die Schonzeit war vorbei. »Bartänzerinnen waren McMurtrys Hobby. Es hat den Anschein, wo immer Ihr ›Verlobter‹ stationiert war, ging er schnurstracks in die

nächste Fleischbeschau: Als er in Keesler war, verbrachte er seine gesamte Freizeit in Biloxi. In Texas war es downtown Houston, der Times Square in New York, North Beach in Frisco, die Combat Zone in Boston ...«
Ich starrte auf meinen klitzekleinen Winzring. Dann dachte ich an die großen Diamanten aus der Jacke.
»Woher wissen Sie das alles?«
Savitch klopfte sich auf die Brusttasche. »Er hat mir ihre Adressen in seinem Testament hinterlassen.«
Ich schaute an ihm vorbei auf einen Riß im Ri-Gips und abblätternde Farbe. »Glauben Sie, daß Dennis den anderen Mädchen auch Briefe geschrieben hat?«
»Ich weiß es.«
Ich hielt die Hand hoch. »Glauben Sie, er hat ihnen allen Verlobungsringe geschickt?«
»Das weiß ich nicht. Aber der Typ hat mehr Pakete verschickt als das Rote Kreuz.«
»Dann meinen Sie also ... ich habe ihm nichts bedeutet?«
»Ich meine, daß mir das egal ist.« Sein Ton war ruhig, aber kalt. »Mein Interesse an McMurtrys Beziehungen ist rein finanzieller Art.«
»Glauben Sie, daß er die Diamanten in eine von den anderen Jacken gesteckt und an eine von den anderen Tänzerinnen geschickt hat?«
»An eine oder mehrere.« Er quetschte die Zigarette tot. »Die Mädchen wußten ja nicht, was in den Jacken war. Ich nehme an, er hat sie nur als Briefkästen benutzt.«
»Mich etwa auch?«
»Wer weiß?«
Ich stand auf und ging zur Kommode, wo Dennis' Briefe in fünf Stapeln feinsäuberlich in chronologischer Reihenfolge lagen.
Mein Blick fiel auf das P.S. des Briefes vom letzten Dienstag: »Ich kann den herrlichen Morgen kaum erwarten, meine Liebste, wenn ich Dich endlich, endlich

in meine Arme schließen und Dich, meine süße Margaret, als meine Braut heimführen kann.«

Was das alles Lüge?

Die älteste Geschichte der Welt: Junge trifft Mädchen. Junge verspricht Mädchen das Blaue vom Himmel. Mädchen glaubt ihm. Junge leimt Mädchen.

»Wissen Sie, was? Ich würde gern die anderen Tänzerinnen kennenlernen. Herausfinden, ob Dennis ihnen dasselbe erzählt hat wie mir.«

»Ich würde sie auch gern kennenlernen«, lächelte Savitch dünn. »Aus einem gänzlich anderen Grund. Ich mache Ihnen ein Angebot.«

»Mir?«

Er schlug sich wieder auf die Tasche. »Ich weiß, wo sie sind. Warum machen wir den Trip nicht zusammen?«

»Warum wollen Sie ausgerechnet mich mitnehmen?« Ich war ja nicht naiv. Im Laufe meines Lebens hatte mir ein Haufen Männer Trips offeriert. Aber der hier hatte nicht das leiseste Interesse an mir als Mädchen gezeigt.

»Da ich in die Welt der Striptänzerinnen einzudringen gedenke, ist das wahrscheinlich mit einer ortskundigen Führerin einfacher.«

»Capito. Bei einem Fremden sind die Mädchen bestimmt mißtrauisch.«

Ganz besonders bei einem so Fremden wie dem hier, aber das sagte ich nicht.

»Ganz meine Meinung.«

»Einem anderen Showgirl würden sie aber trauen. Mit mir würden sie reden. Und mir von Dennis erzählen.« (Vielleicht hatte er ihnen mehr erzählt als mir. Wie zum Beispiel den Namen eines potentiellen Mörders.)

»Ich habe schon ein Auto gemietet«, sagte Savitch. »Da ich die Adresse des Mädchens in Houston habe, dachte ich, da probier ich es zuerst. Das heißt, *wir*, wenn Sie Lust haben, mitzufahren.«

»Wie heißt die in Houston?«

»Sandy.«
»Ich möchte wissen, ob sie hübscher ist als ich.«
»Überzeugen Sie sich selbst.«
»Wenn ich als Showgirl mitfahre, sollte ich wohl meine Stripkostüme mitnehmen. Zumindest das Leopardending.«
»Zumindest.«
Ich ging zur Kommode, zog die oberste Schublade auf und holte einen BH heraus. »Wann fahren wir?«
»Sobald Sie Ihre Ausrüstung in eine Tasche geworfen haben. Mein Zeug ist schon im Auto.«
»Oh ... Na gut. Ich muß bei der Arbeit anrufen und sagen, daß ich nicht komme.« Ich schnappte mir meine Reisetasche und warf Strümpfe und Slips hinein. »Und Sostenne eine Nachricht hinterlassen ...« Ich holte meine Zahnbürste aus dem Badezimmer. »Ich zieh meinen neuen Body an. Das grüne Paisley-Muster betont meine Augen.« Ich schaute mich nach Savitch um, der nicht einmal so tat, als höre er zu. Er war in seiner Welt der Rauchringe versunken.
Ich hatte mich im Unisex-Look aufgetakelt und gerade Dennis' Fotos in die Tasche gelegt, da hörte ich draußen jemanden pfeifen. Durchs Küchenfenster sah ich Sostenne den Weg heraufkommen. Er trug einen Musselinsack. Kam zurück vom Angeln.
Oh Schreck!
»He, *cher!*« rief er fröhlich und kam durch die Wohnungstür spaziert. »Rat mal, was ich heute am Bayou La Fourche gefangen habe.« Er hielt den Sack hoch. »*Caille molle!*« Da sah er Savitch auf der Couch, und sein Gesichtausdruck änderte sich, als hätte man auf einen anderen Sender geschaltet.
»Wen haben wir denn da?«
»Sostenne, ich möchte dir ...« Die beiden förmlich miteinander bekanntzumachen war hirnrissig. Sie würden sich garantiert nicht die Hände schütteln und »sich

freuen, Ihre Bekanntschaft zu machen«. Ich startete einen neuen Versuch. »Das ist ein Freund von Dennis, und ich muß mit ihm wo hinfahren.«
»Einen Scheißdreck mußt du!« Sostenne ließ den Sack mit der Wasserschildkröte fallen und stellte sich in Positur. Von oben bis unten der Brecher, der er auch ist. Er schob den Unterkiefer vor. »Jetzt wo dein Pilot tot ist, bist du mein Mädchen. Nirgendwo gehst du hin.«
Ich trat zwischen ihn und die Couch. »Bitte, sei nicht böse, es ist nur für ...« Aber Sostenne sah einfach über mich hinweg. Dann hob er mich wie ein Babypüppchen hoch, stellte mich ein Stück weiter ab und warf sich in Kämpferpose.
»Du!« Sein Zeigefinger schnellte vor. »Du siehst zu, daß du Land gewinnst.«
Savitch hatte eine neue Zigarette zwischen den Lippen, und als er das Streichholz daran hielt und genüßlich daran zog, blieb in dem Zimmer die Zeit stehen.
Er zeigte mit dem glühenden Ende auf Sostenne.
»Nein. Du gehst.«
Ich starrte auf das eintätowierte M mit dem Pfeil, aber Sostenne mußte in Savitchs Augen gestarrt haben. Denn in einer einzigen abrupten Bewegung nahm er seine Schildkröte, drehte sich um und stürmte zur Tür hinaus. Er knallte sie so heftig zu, daß die Fensterscheibe einen Sprung kriegte.
Ich schaute Savitch an, der die Asche abstreifte.
»Netter Bursche.«

16

Louisiana, Juli 1970

Savitch hatte einen neuen Chevy Impala Coupé, Baujahr 1970, gemietet. Seit dem Continental des Richters war ich nicht mehr so bequem gefahren. Echt lederne schwarze Schalensitze, gepolstertes Steuer, Klimaanlage und UKW und Mittelwelle im Radio. Das feingemaserte Holzarmaturenbrett war hell erleuchtet wie das Starship Enterprise, das ganze Auto roch neu, reich und nach Luxus.

Wenn ich mich in meinem Sitz zurücklehnte, konnte ich die Beine ganz ausstrecken. Ich strich mit den Händen über das Leder. Es fühlte sich wunderbar an und war sogar zum Quietschen zu weich.

Als wir den Airline Highway erreichten, hatte ich einen guten Rock-Sender gefunden, den ich die ganze Strecke bis Baton Rouge anließ. Munter sang ich mit den Bee Gees: »How can you mend a broken heart.«

Savitch schien keine musikalischen Präferenzen zu haben. Er fuhr, den Blick geradeaus gerichtet, und schob ab und zu den Zigarettenanzünder rein. Den brauchte er für seine Salems.

Als wir uns La Place näherten, versuchte ich ihn ein bißchen aufzutauen. So wie ich es bei Männern eben mache.

»Weißt du, du siehst gar nicht aus wie jemand, der John heißt«, kicherte ich.

Er kicherte nicht. »Das war der Name von meinem Alten.«

»Dann bist du John Junior.«

»Der Alte ist tot, da muß ich nicht der Junior sein.«

»Oh, tut mir leid.«

»Ihm damals auch.«

Nicht zu geschwätzig. Auch gut.
Nach vier Stunden Fahrt hatte ich einen Bärenhunger, aber natürlich entscheidet der Mann, wann das Paar ißt, denn er bezahlt. Deshalb versuchte ich, nicht an meinen hungrigen Magen zu denken, hörte mir Folk Rock an und dachte daran, wie sehr mich Dennis geliebt hatte.
Dennis, Dennis ... Dennis ist ein wunderschöner Name. Er bedeutet »von Dionysos«. Ich hab's nachgeschaut. Mein erster Sohn hätte auch Dennis geheißen.
Wochenlang war bei dem Gedanken an mein Leben mit Dennis die Arbeit schneller gegangen, und meine Füße in den 10-cm-Pumps hatten weniger weh getan. Ich hatte rumphantasiert, daß ich meine Hochzeitsreise durch den tiefen Süden mit einem hübschen jungen Gatten machte. Und jetzt machte ich diesen Trip mit einem ausgeflippten Fremden, vor dem ich auch noch regelrecht Angst hatte.
Was stimmte nicht mit diesem Bild?
Ich schaute Savitch an, der mich sowieso nicht anschaute, dann sah ich wieder aus dem Fenster, damit ich Dennis sah. Dennis ohne Hemd, Dennis, wie er sich rasierte, Dennis, wie er sich seinen olivgrünen Armeeschlips geradezog, Dennis auf mir.
Die anderen Tussis hatte er bestimmt auch nur als Briefkästen benutzt, um von mir abzulenken. Ich war sicher, daß die Diamanten nur an mich gegangen waren. Aber ich wollte noch sicherer sein.
In den Nachrichten im Radio hieß es, Nixon habe versprochen, den Krieg einzuschränken und die Inflation zu bremsen, indem er uns eine Friedenswirtschaft bescherte. Die Arbeitslosenrate beträgt fast sieben Prozent. Viel Glück, alter Junge. Ich drehte einen Sender rein, auf dem Janis Joplin »Me and Bobby McGee« sang.
Maudie's Family Restaurant kam in Sicht, und endlich

wurde das Auto langsamer und fuhr auf einen Parkplatz.
Savitch sagte: »Wir essen was.«
»Oh, bärenstark!«
Er parkte uns hinter einem Laster, dessen Stoßstangensticker verkündete: »Amerika, lieb es oder laß es«, und machte den Motor aus. Er steckte sich eine Fluppe zwischen die Lippen, drückte den Anzünder rein und wartete, also mußte ich auch warten. Als der Anzünder raussprang, hielt er ihn an die Zigarette und dann mit dem rotglühenden Ende in die Höhe. Das Ding zwischen uns, fixierte er mich mit seinem Blick. »Komm her.«
Ich giggelte los, als sei das ein netter Scherz, aber im Licht des Restaurants wurden seine Gesichtszüge starr. Der Befehl galt. Ich glitt zum Fahrersitz, blieb stocksteif sitzen und schaute zur Windschutzscheibe hinaus und nicht auf Savitch, der den Anzünder um meine Kehle kreisen ließ. Eine Sekunde später roch ich, daß etwas brannte, fühlte aber nichts. Dann hielt er das angekokelte Ende eines langen weißen Fadens von meiner Bluse hoch.
»Der hing von deinem Kragen runter. Ich hab's dir abgebrannt. Recht so?«
»Danke.«
Es war nach der normalen Abendessenszeit, deshalb gab es jede Menge leere Tische, und die matronenhafte Kellnerin war richtig froh, uns zu sehen. »Ein Tisch für zwei?« Savitch hielt zwei Finger zum Peace-Zeichen hoch, und sie lächelte warm, als hielte sie uns für ein nettes junges, frischverliebtes Paar. »Am Fenster ist es sehr hüsch.«
Am Fenster *war* es sehr hübsch, mit Tischtuch und brennender Kerze in einer Vase. Die Speisekarten hatten sogar Ledereinbände. Ich schaute über die ruhig brennende orangefarbene Flamme auf meinen Begleiter

und wünschte mir eine dumme Sekunde lang, ich wäre in ihn verliebt.
Dann riß ich mich zusammen, überflog die rechte Spalte und fragte: »Was ißt du?«, weil ich nichts Teureres als er bestellen wollte.
Ohne jegliches Interesse warf er einen Blick auf die Speisekarte. »Im Moment läßt mich der Preis für ein Essen wirklich absolut kalt. Wenn du willst, kannst du dich auf den Acht-Dollar-Hummer stürzen.«
»Echt? Wow, danke!« Also bestellte ich genau den. Savitch zeigte auf das erste Essen auf der Speisekarte und sagte: »Das und was immer dazugehört.«
Nach dem Essen ließ er fünfzehn Prozent Trinkgeld da, und die Kellnerin lächelte und lud uns beide ein, wiederzukommen.

17

Texas, Juli 1970

Ich hatte den Todessitz zurückgestellt und döste gerade ein, als der Impala scharf nach rechts rüberzog, auf einem Kiesweg zum Stehen kam und mich wach rüttelte. Ich stützte mich auf die Armlehne und schaute in den grauen Morgen. Mittlerweile stank das ganze Auto wie die Pest nach Zigarettenrauch.
»Wie spät ist es?«
»Halb acht.« Obwohl er die ganze Nacht gefahren war, sah Savitch überhaupt nicht müde aus, nur seine Stimme war noch heiserer. »Wir sind ungefähr zwanzig Meilen von Houston entfernt.«

Er hatte uns auf den Parkplatz des Cecil Motor Hotel gefahren: »Farbfernsehen in jedem Zimmer!«. Die weiteren Attraktionen: eine Reihe rotangemalte Türen, neben jeder ein Fenster mit Gardine und davor ein Parkplatz.

»Um diese Zeit sind Stripperinnen eh nicht auf, da können wir genausogut schlafen.« Er steuerte den Impala exakt zwischen zwei gelbe Streifen, machte den Motor aus und gab mir den Schlüssel. »Ich checke ein. Hol du unsere Sachen raus.«

Das Zimmer war der Inbegriff von Luxus: zwei große Doppelbetten und bodenlange Gardinen.

Ich wühlte Nachthemd und Zahnbürste aus der Reisetasche und ging ins Badezimmer. In kleinen Plastiktüten gab es richtig große Seifenstücke und zwei Trinkgläser. Ich nahm den Papierstreifen vom Toilettensitz, klappte ihn runter und drehte das Wasser voll auf, damit er mich nicht hörte.

In der Hoffnung, daß mein Zimmergenosse mir das Bett zum Badezimmer hin überlassen würde, kam ich im Nachthemd wieder heraus und deckte als dezenten Hinweis das Bett auf.

Savitch nahm seine schwarze Lederreisetasche.

»Das Nachthemd kannst du dir sparen.« Und verschwand im Badezimmer.

Ich hatte zwar nichts dergleichen erwartet, geschockt war ich aber auch nicht gerade. Er fand mich offenbar nicht im geringsten attraktiv, war aber vermutlich der Typ, der's nimmt, wie's kommt, ob er Lust hat oder nicht. So sind die Männer.

Die Behauptung, daß ich nicht so ein Mädchen war, wäre wohl weniger gut angekommen, und ich glaubte auch nicht, daß die Erwähnung eines Fixums angebracht war. Mein Anteil an den Fahrtkosten war offenbar meine Möse. Ich zog mein Nachthemd aus und legte mich, nackt wie Gott mich schuf, unter die Bettdecke.

Eine Minute später kam Savitch aus dem Badezimmer, immer noch angezogen. Vielleicht wollte er nicht, daß ich sah, wie spindeldürr er war, obwohl die meisten Männer sich nie wegen ihres Körpers schämen, ganz egal, wie schlecht sie aussehen.

Er knipste die Lampe aus, aber durch die geschlossenen Vorhänge kam genug Tageslicht, daß ich sein Gesicht vage sehen konnte, als er die Decke zur Seite schlug und sich zwischen meine Beine kniete. Er machte seinen Gürtel auf und zog sich die Hose gerade mal bis halb über die Oberschenkel runter, nur so weit wie nötig. Und einen winzigen Moment lang schoß mir das Bild durch den Kopf, wie ein G.I. ein vietnamesisches Bauernmädchen in einem Reisfeld vergewaltigt. Genauso wäre es, abrupt, grob, und besser, sie weinte nicht.

Ich schloß nur die Augen und blieb schlaff liegen.

»Nutten wollen ja nichts empfinden.« Savitch legte seine Hände auf meine Brüste und knetete sie. »Aber bei mir tun sie es.« Er drang ein und stieß zu.

»Fühlst du das? Und das? Gut.« Mit jedem Stoß füllte er mich aus, und mit jedem versuchte ich, ihn wegzuschieben, und wünschte, er käme schnell.

Als er kam, schloß er weder die Augen, noch zeigte er Schwäche oder Leidenschaft, sondern lächelte nur verbissen, als ob er einen Schuß abgefeuert und sein Ziel getroffen hätte.

Dann schlief er mit allen Sachen ein, und ich kuschelte mich an seinen Rücken. Ich wüßte nicht, wie ich sonst mit einem Mann schlafen sollte.

18

New Orleans, Januar 1990

Die Haustürklingel riß mich um die unchristliche Zeit von 12 Uhr mittags aus dem Schlaf, und ich mußte meine bebende Gestalt in eine Decke hüllen und auf Socken durch den Flur zur Tür schliddern.

Als ich sie öffnete, nutzte der kalte Wind vom Fluß die Gelegenheit, durch meinen Korridor zu pfeifen und die Vorhänge wie knatternde Segel aufzublähen.

Auf der vorderen Veranda hielt mir ein Mann, dessen Gesichtsfarbe der Farbe seiner Uniform entsprach, ein Päckchen entgegen.

»Fortier? Neunfünfzig, bitte.«

Der Absender war Tommy, deshalb schob ich einen Zehn-Dollar-Schein durch die Tür. Als Gegenleistung schob er mir das Päckchen durch. Mit klappernden Zähnen wuselte ich durch die Gegend, zündete Heizkörper und alle Gasflammen am Herd an und kroch praktisch in den Ofen, bevor ich den glatten Eilbrief aufriß.

Eine Hülle mit Fotokopien von Ostküstenzeitungen glitt heraus. Alle Artikel handelten von posttraumatischem Streß, und auf keiner Seite fehlte der Name Philip Rudd.

Ich überflog die Ausschnitte aus der *New York Post*. Die meisten waren von dem Kaliber »Wahnsinniger Veteran tötet Frau, sich selbst«, und überall hatte Rudd seinen Senf dazugegeben. Schließlich arbeitete ich mich bis zu einem Stoß aus den *Daily News* durch. Ein Artikel von Bob Herbert enthielt die meisten Informationen in den wenigsten Worten.

Offenbar war Philip Rudd zwei Jahre in nordvietnamesischer Kriegsgefangenschaft und dann sechs Monate

in einem Veteranenkrankenhaus gewesen. Rudd war gewiß nicht der erste, der Selbsthilfegruppen für ausgeflippte Veteranen empfahl, aber er tat es am sichtbarsten. Am unüberhörbarsten.
Ich erfuhr, daß er sich schnell als »einer der üblichen Verdächtigen« etabliert hatte, als Experte, der herbeigerufen wird, wenn sein Thema im Radio oder in der Presse angesprochen wird. Philip Rudd war »Mr. Post-Kampf-Streß-Syndrom« persönlich, zumindest an der Ostküste.

»Mrs. Fortier? Guten Tag.«
Clerow Evans war schwarz, klein, untersetzt und trug einen knalligen Bill-Cosby-Pullover und beigefarbene Jeans. Er streckte die Hand erst aus, als ich ihm meine anbot, womit er mehr Gefühl für Etikette zeigte, als ich es normalerweise aufbringe. Ich habe weder Klasse noch Manieren, aber bei jemand anderem weiß ich sie wohl zu schätzen.
»Ich danke Ihnen, daß Sie die Zeit für mich erübrigen konnten.« Ich schaute mich in der Einrichtung um: Ein leergeräumter Lagerraum im Keller der St. Lucia-Kirche bot der Veteranengruppe Unterkunft.
»Ich habe eine halbe Stunde bis zur nächsten Sitzung.« Er lotste mich zu einem schlichten Holztisch, bestimmt vorm Sperrmüll gerettet. »Kaffee?«
»Nein, danke.« Ich nahm ihm gegenüber Platz, holte meinen Kassettenrecorder heraus und hielt ihn hoch. »Was dagegen?« Evans verneinte, also schob ich das Gerät näher zu ihm und drückte auf den Knopf.
Und wieder bewies er Klasse. Er ignorierte den Recorder und sprach mit mir sozusagen unter vier Augen. »Meine größte Aufgabe ist, den Ahnungslosen das Syndrom zu erklären.«
»Sie meinen, Leuten wie mir, die so was nie am eigenen Leibe erfahren haben?«

»Nein. Ich meine, Leuten, die es durchgemacht und nicht verstanden haben, wie ihnen geschieht.« Das alles hatte er garantiert genauso schon häufiger gesagt, er spulte es automatisch runter. »Jeder, der unter der Störung leidet, glaubt, er ist der einzige. Wir sind dazu da, ihm zu zeigen, daß er nicht der einzige ist und es nicht allein durchstehen muß.«

»Ein G.I., der ein Jahr lang in einem fremden Land Tag für Tag sein Leben riskiert, bringt wahrscheinlich ein paar schlimme Alpträume mit nach Hause«, fiel ich ein.

»Wir haben herausgefunden, daß nicht die Angst das schlimmste ist, sondern die Schuldgefühle. Die verkrüppelnden Schuldgefühle, die einem den Kopf verwirren.« Er drehte die Handflächen nach außen. »In den anderen Kriegen haben unsere Soldaten gegen die *Soldaten* der anderen Seite gekämpft, ausgebildete Kämpfer in Uniform.«

»In Vietnam aber nicht.« Ich quälte mir ein Lächeln ab. »In ›unserem‹ Krieg.«

»Nein.« Evans quälte sich auch ein Lächeln ab. »Auf der anderen Seite ›unseres‹ Krieges kämpften Zivilisten, Männer, Frauen und *Kinder.*«

»Ja, ich weiß. Kinder.«

»Mrs. Fortier ...« Er stützte sich auf die Ellenbogen und beugte sich vor. »Einmal habe ich gesehen, wie ein vierjähriges Mädchen an der Straße entlangging und einen Korb Blumen trug, in denen eine Granate steckte. Sie war losgeschickt worden, damit sie sich mit allen Rundaugen in die Luft jagte, die sich davon anlocken ließen, daß sie so niedlich war.«

»Das wagt man sich kaum vorzustellen.«

»Und dann die Regierungstruppen, die angeblich auf unserer Seite waren. Aber wir hatten den starken Verdacht, daß manche nachts in den Dschungel schlüpften, sich schwarze Pyjamas anzogen und auf seiten des Viet-

cong kämpften. Wie sollten wir wissen, wer der Feind war?«
Ich starrte an die Decke und versuchte eine Erinnerung einzufangen. Ich erwischte sie. »›Erst mal alle umlegen! Gott erwählt die Richtigen!‹«
Evans sah mich scharf an. »Wo haben Sie das gehört?«
»Weiß ich nicht mehr.«
»Aber genauso war es doch für viele. ›Wenn ich das Schlitzauge heute nicht allemache, macht er mich morgen alle. Mich oder einen Kumpel.‹ Mit Gerechtigkeit oder Moral oder christlicher Ethik hatten wir nichts am Hut. Das konnten wir uns damals nicht leisten. Die Gesetze waren außer Kraft.«
»Statt dessen galt das Gesetz des Dschungels?«
»Unter bestimmten Bedingungen wird ein freundlicher zivilisierter Mann zum Mörder.« Er schüttelte den Kopf. »Das können Sie nicht verstehen.«
»Doch, ich glaube, doch. Das ja.«
»Dann war unser Ausflug zu Ende, und wir kamen in die Welt zurück: zur Menschheit und den zehn Geboten. Und jetzt müssen wir uns nicht mehr mit Kugeln beschäftigen, sondern nur noch mit unserem Gewissen. Und da gibt's kein Verweigern mehr.« Sein Tonfall änderte sich. Er kam von seiner Routinepredigt ab. »Sie schauen Ihrem Kind in die Augen und erinnern sich, wie Sie einmal ganz genauso ein Kind erschossen haben. Dieselben Augen, kapieren Sie?«
»Ich habe keine Kinder. Aber ja, ich glaube, ich kapier's.«
Er inspizierte mich einen Augenblick lang, glaubte mir und fuhr fort.
»Deshalb kommen wir zusammen, um uns über alles auszusprechen. Wir alle tragen diese Bürde, die unsere Frauen, Brüder, Schwestern nicht begreifen können. Und man sollte sie auch nicht dazu zwingen, sie mit uns zu tragen.«

Ich nickte in tiefempfundenem Einverständnis und machte mich dann an mein wahres Anliegen.
»Was halten Sie von Philip Rudd?«
Evans schaute auf seine Hände, bevor er antwortete. »Er war bei ›Geraldo‹.«
»Das war's?«
(Soviel zu vernichtenden Komplimenten.)
Evans zuckte mit den Achseln, ich nahm den Kassettenrecorder und machte ihn aus. »Inoffiziell, was halten Sie wirklich von ihm?«
Er entrang sich einen tiefen Seufzer. »Rudds Gesicht dreht sich von Natur aus in Richtung Blitzlichtgewitter, wie eine Blume in die Sonne.«
»Pressegeil?«
»Ich glaube, der Mann schwingt gern Reden und mimt den großen Menschenfreund.« Evans' Miene verdüsterte sich. »Er ist zur Stelle, wenn die Orden verliehen werden. Aber der alltägliche Kleinkram: mit den Veteranen wirklich arbeiten? Das können Sie vergessen.«
Bis jetzt erinnerte mich Philip Rudd an eine Bemerkung, die die verstorbene Tallulah Bankhead mal gemacht hat: »Da steckt weniger drin, als man mit bloßem Auge sieht.«
»Selbsthilfegruppen veranstaltet er nicht?«
»Wie denn?« Evans faltete entschlossen die Hände. »Philip Rudd versteht uns nicht.«
»Wie meinen Sie das?«
»Wissen Sie, er hat die Schuldgefühle nicht. Er tut natürlich so. Er sagt die Worte, die er von uns anderen hört. Aber seine Augen verraten ihn.« Evans zeigte auf seine eigenen Augen. »Da ist nichts!«

19

Texas, Juli 1970

Mit meinen One-Night-Stands spiele ich immer ein Spielchen. Kaum war ich aufgewacht, legte ich Savitch die Hand über die Augen und sagte: »Schnell. Wer bin ich?«

»Mir egal.«

Sein Ton war so kalt, daß ich die Hand wegriß, als hätte ich mich an Trockeneis verbrannt.

Er rollte sich auf den Rücken, grinste, als sei alles ein Witz. »Es muß schon Nachmittag sein. Wie spät ist es?«

Meine Uhr lag auf dem Nachttisch. »Fast halb vier.«

»Gut.« Er trat die Decken weg und stand auf. »Wir essen was, fahren dann nach Houston und fangen deine ›Rivalin‹ Sandy ab, bevor sie zur Arbeit geht.« Er nahm seine Tasche. »Ich zieh mich um.«

Sandy war auch nicht hübscher als ich. Gut, sie hatte einen größeren Busen, den sah man durch ihr gehäkeltes Minikleid, aber sie hatte dünne Beine und kurzes Haar und keine falschen Wimpern. Ein Mädchen, das nicht mal *versuchte,* hübsch zu sein. Sie stand in der Tür ihres Wohnmobils, zuerst ärgerlich und dann neugierig, als sie sah, daß ein anderes Mädchen an ihrer Tür geklingelt hatte.

»Kennen Sie Dennis McMurtry?« fragte ich und streckte ihr mein Lieblingsfoto entgegen.

»Dennis?« Wahrscheinlich war sie kurzsichtig, denn sie kniff die Augen zusammen und beugte sich vor, um es anzusehen. »Er ist tot. Wer sind Sie?«

»Ich bin Cherry Svenson, seine Verlobte aus New Orleans.« Ich hielt ihr meinen Ring unter die Nase und be-

fürchtete schon, daß sie auch mit einem aufwarten würde. Aber sie trat nur einen Schritt zur Seite und sagte: »Kommen Sie herein.«
Sandys Heim war wie jedes x-beliebige Wohnmobil, eine glühendheiße Blechschachtel mit Mini-Resopal-Einbaumöbeln, »echt« Eiche. Sie hatte nicht genug Platz in den Schränken, ihre Kleider hingen über Miniaturstuhllehnen. Mitten auf dem Fußboden sah ich einen Laufstall, es roch nach schmutzigen Windeln.
»Mein Kind ist bei meiner Schwester. Ich bin in Eile, ich muß zum Club.«
Sandy zog sich an ihre unechte Holzkommode zurück, wo sie sich einen schwarzweißen Acrylohrring einschraubte und mir dann ein gerahmtes Foto gab. Dasselbe wie meins. »Ich hab mir ja schon gedacht, daß er auch noch mit anderen rummacht, aber von ner Verlobten war nie die Rede.«
»Von Ihnen hat er mir auch nichts erzählt.« Auf der Kommode stand ein Duplikat der chinesischen Holzdame, die in New Orleans auf meinem Couchtisch thronte.
»Ich hab so was von durchgehangen wegen Dennis.« Sandy fing an, sich die Wimpern zu tuschen. »Kommt doch so'n Captain und sagt mir, er wär umgebracht worden. Ich hätte am liebsten gekotzt. Dennis war schwer in Ordnung, wissen Sie.«
»Stimmt.«
»Ich war mit der Miete im Rückstand und brauchte Kohle, und er hat sie mir sofort geschickt. Ein echt süßer Junge.«
Ich fragte nicht, wieviel die ausstehende Miete betragen hatte oder in welchem Verhältnis sie zum Preis eines Verlobungsrings stand.
Aber fragen mußte ich: »Hat Dennis Ihnen versprochen, Sie zu heiraten?«
»Wie denn? Ich bin verheiratet.« Sandy nahm das Foto

eines Mannes vom Fernseher, und ich durfte es bewundern, während sie wieder zum Spiegel trabte und Lipgloss draufschmierte. »Hauptgefreiter bei der Luftwaffe. Er ist gerade für sechs Monate in Okinawa.«
»Hübscher Typ.« Er sah aus wie eine Forelle, aber ich mußte ja höflich sein. »Hat Dennis Ihnen geschrieben, daß er vor jemandem Angst hatte?«
»Sie meinen, vor den Schlitzaugen? Klar doch.«
»Oder vor Leuten, die ihm näherstanden, Männern, deren Namen er kannte?«
»Nöh, nichts dergleichen hat er geschrieben. Nur fröhliches Zeug.«
Ja, so war er eben. Bei Dennis' Briefen fühlte sich ein Mädchen immer gut. Hier konnte ich nichts mehr dazulernen.
»Hören Sie, Sandy, ich weiß, Sie müssen los zur Arbeit. Ich will auch nur noch eine Sache fragen. Hat Dennis Ihnen eine Tarnjacke geschickt, auf der hinten drauf geschrieben steht ...?«
»›Ich hab meine Zeit in der Hölle abgesessen‹? Klar.« Sandy zückte ihren Transparentpuder und betupfte einmal ihre Nase. Eine entsetzlich kleine Stupsnase, ein richtiges Schweineschnäuzchen. (So eine, die die Kerle als niedliche Himmelfahrtsnase bezeichnen.) Kein Riesenzinken wie dieses Schandmal mitten in *meinem* Gesicht.
Sie beklopfte sich die Wangen. »Haben Sie auch eine bekommen?«
»Ja ... Aber ich hab sie verloren.«
»So?«
»Und sie fehlt mir richtig. Könnten Sie mir Ihre verkaufen?«
»Deshalb sind Sie hierhergekommen?« Sie grinste ihren Puderdosenspiegel an. »Nur um die Jacke zu kaufen?«
»Wenn es Ihnen nichts ausmacht.«
»Aber warum?« Sie drehte sich zu mir um und kniff die

Augen zusammen, bis ich sie fast nicht mehr sehen konnte. »Das Ding sieht total billig aus.«
»Aus reiner Sentimentalität.«
»Oh, klar.« Sie war wieder mit ihrer Puderdose zugange, beobachtete mich aber im Spiegel. »So'n Pech aber auch, ich hab sie nicht hier im Wagen. Ich hab sie leider bei einer Freundin. Kommen Sie morgen nachmittag vorbei, dann können Sie sie haben.«
Savitch wartete im Impala. Ich klopfte an die Beifahrertür. Als er sah, daß ich mit leeren Händen zurückkam, zog er die Brauen hoch, drückte die Zigarette aus und beugte sich über den Sitz, um mich reinzulassen.
Ich fing an zu zittern, weil es im Wagen so eisig war. »Sandy sagt, sie hätte sie nicht da, sie wäre in der Wohnung einer Freundin, und sie besorgt sie mir.«
»Wieviel hast du ihr angeboten?«
»Von einem festen Preis war keine Rede. Sie hat nur gesagt, ich soll morgen nachmittag wiederkommen.«
»So lange muß sie nicht warten.« Savitch legte den Rückwärtsgang ein und fuhr vom Gelände.
»Aber vorher kann sie sie nicht holen.«
»Das glaubst du doch selber nicht. Die Alte hat die Jacke genau da drin!«
»Warum hat sie sie mir dann nicht verkauft?«
»Weil sie vielleicht nicht so eine dumme Votze ist wie du. Du kommst anspaziert und bietest ihr gutes Geld für etwas, das sie für wertlos hält. Da wird sie doch neugierig.«
Ich bemühte mich, ganz ruhig zu sprechen. »Glaubst du, sie ahnt, daß im Futter was versteckt ist, und reißt sie auseinander?«
»Würdest du das nicht tun?«
Ich kuschelte mich in meinen Sitz und sah zum Fenster hinaus.
Houston ist die sauberste Stadt, die ich je gesehen habe. Die futuristischen Hochhäuser aus Glas und Stahl wir-

ken, als seien sie gerade erst gebaut worden. Aber was die Action angeht, ist Houston im Vergleich zu New Orleans ein Kuhdorf. Um acht werden die Bürgersteige hochgeklappt, und dann geht nur noch in den Nachtclubs was ab. In einem von denen würde Sandy heute abend tanzen.
Zum Abendessen führte Savitch mich in ein Steakhouse. Ich bestellte das Luxusfilet für sechs Dollar, und die Backkartoffel kostete noch einen Dollar extra, aber er sagte keinen Pieps.

Im Motelzimmer leerte ich den Aschenbecher, um mich nützlich zu machen. »Tut mir leid, daß ich das Ding mit Sandy versaut habe. Wenn wir in Biloxi sind, gehe ich die Sache raffinierter an.«
»Das glaub ich dir aufs Wort.« Savitch nahm mir den Aschenbecher ab und drückte seine Zigarette aus. »Zieh dich aus.«
Ich war erleichtert, als ich die Klamotten abstreifen und unter die Decke schlüpfen konnte. Dieses Terrain war mir vertraut. Was auch immer er im Bett wollte, ich konnte es ihm geben.
Gefallen mußte es mir ja nicht.
Nach ein paar Minuten hörte Savitch auf sich zu bewegen und lächelte breit, als wollte er mir ein Geheimnis anvertrauen. »Ich zeig dir einen kleinen Trick, den ich in Vietnam gelernt habe.« Er nahm mein Gesicht in beide Hände, massierte mich sanft unter den Ohren, genau hinter den Kiefernknochen. »Na, wie fühlt sich das an?«
Ich hatte Angst zu antworten.
»Das hier sind deine Halsschlagadern«, sagte er leise, zärtlich. »Und wenn ich auf diese Punkte ein ganz kleines bißchen fester drücke, so, dann wird die Blutzufuhr zum Gehirn behindert, und das Mädchen verliert das Bewußtsein. Wußtest du das?«

Ich griff nach seiner Hand. »Ich kann nicht ...«
»Psst, Baby. Wenn du die Arme bewegst oder versuchst, dich wegzudrehen, verstärkt sich der Druck, merkst du's? Also bleib nur ... ruhig. Gut.«
Mir war schwummerig, ich wußte aber nicht, ob deshalb, weil er mit den Händen meine Halsschlagadern zudrückte oder weil er mich so erbarmungslos anschaute. Ich blieb ruhig und gehorsam liegen und wartete.
Seine Stimme war weiterhin sanft und deutlich, als bringe er einem Kind etwas bei. »Ich habe gehört, wenn du sie genau richtig triffst, kannst du es so drehen, daß das Mädchen in der Sekunde kommt, bevor sie ohnmächtig wird. Was hältst du davon?« Ich konnte nichts sagen, und er schnalzte, Mitleid heuchelnd, mit der Zunge. »Aber wenn du sie genau falsch triffst, tötest du sie.« Er beugte sich dicht über mich. »Wird behauptet.«
»Bitte ...« Meine Lippen konnten sich nicht schließen, um das Wort zu formulieren. Ich mußte den Mund zum Atmen offen halten.
Hunderte Mädchen, wette ich, sind so in Motels ermordet worden, wo keiner den anderen kennt. Und wenn es einer von uns passiert, kümmert das keine Menschenseele. Außer vielleicht ihren Bruder Tommy.
»Hast du Angst? Brauchst du nicht.« Savitch küßte mich auf den Mund, als er langsam den Griff lockerte. »*Ich* sage dir, wenn du Angst haben mußt.« Und dann legte er sich auf mich und stieß sich ganz weit in mich hinein, so fest, daß es weh tat, noch dreimal.
Sofort danach schlief ich ein, und als ich eine Stunde später aufwachte, war er weg. Gott sei Dank.
Ich kroch zum Fußende des Bettes und machte Johnny Carson an. Tiny Tim saß im Gästesessel und redete über die Freuden des Ehelebens mit Miss Vickie. Dann war ein Typ dran, der Ralph Nader hieß und offenbar

die Großkonzerne auf dem Kieker hatte. Er war kein Star, also drehte ich mir Merv Griffin rein, der Burt Bacharach nach den Schrecken plötzlichen Ruhms ausfragte, während Arthur in der Couchecke döste. Um Mitternacht fiel dann David Frost fast vom Hocker, als er den Pianisten Artur Rubinstein und seinen Sohn John interviewte.

Als Savitch zurückkam, hatte ich schon wieder geschlafen und tat auch weiter so, als ob, bis er das Licht anmachte und sagte: »Ich hab sie.« Ich schlug die Augen auf, er hatte Sandys Jacke in der Hand.

»Sie hat sie dir verkauft?«

»Sonst geht's dir noch gut?«

Ich hätte wissen müssen, daß er auch stehlen würde. In einen Wohnwagen einzubrechen war für einen Gangstertypen wie ihn gar nichts.

Savitch tastete die Jacke nicht so sorgfältig ab, wie ich meine abgetastet hatte, sondern kniete sich auf den Fußboden, ließ sein Klappmesser aufschnappen und fing an, das gesteppte Futter aufzuschlitzen.

Ich war genauso nervös wie er. Ich saß auf der Bettkante, beobachtete, wie er alles auseinanderschnitt, und betete, daß Sandys Jacke nichts als Stoff und Futter enthielt.

Wenn Savitch auf »heiße« und »kalte« Hinweise geachtet hätte, wäre er vielleicht durch die Art alarmiert worden, wie ich mich vornüberbeugte und an den Fingernägeln kaute, als er innen an die rechte Schulter kam. Aber er war mit den Gedanken nur beim Aufschneiden und dann bei seiner immer stärkeren Frustration, weil er nichts fand.

Absolut nichts.

Gott sei's gedankt. Nein, Dennis sei's gedankt. Es war klar, Sandy hatte ihm nichts bedeutet. Sie war einfach nur ein Mädchen, für das er Mitleid empfunden hatte.

Als Savitch endlich aufgab, war die Jacke in Stücke ge-

schnippelt, die kleiner als die Diamanten waren. Wütend warf er das Messer weg.
»Keine Klunker.«
Ich setzte meine Es-tut-mir-ja-so-leid-Miene auf.
»Ich schätze mal, die Spur war falsch.«
»Verschätz dich nicht.« Savitch stand auf, wischte sich die grünbraunen Stoffetzen von der Jeans und langte nach einer Zigarette. »Zwei Mädchen erledigt. Noch vier übrig.«
Ohne daß es mir gesagt werden mußte, hockte ich mich auf den Teppich und fing an, die Stoffetzen zusammenzusammeln und in den Papierkorb zu stopfen.
Er inhalierte den Rauch, als handele es sich um Sauerstoff, den man ihm lange vorenthalten hatte.
Ich ging zum Teppich, als bedürfe es all meiner Konzentration, die Fäden da rauszuziehen.
»Zieh dich an. Wir fahren nach Biloxi«, sagte er über meinen Kopf hinweg.
Ich sagte zu seinen Schuhen: »Du hast überhaupt noch nicht geschlafen.«
»Ich bin ausgeruht.«
»Toll!« Er brauchte mich nicht lange zu überreden. Ich konnte es gar nicht abwarten, mich wieder in den Impala zu setzen, in vollklimatisiertem Komfort die I-10 entlangzurauschen, tief im Leder versunken, Radio zu hören, in schicken Restaurants zu essen und an Dennis zu denken. Ich Glückspilz, dachte ich.
Aber als ich meine Tasche zum Parkplatz schleppte, wartete ein blauer Chrysler Newport Custom mit schwarzem Vinyldach auf uns.
»Was ist mit dem Impala?«
»Der war schmutzig.«

20

New Orleans, 1990

An dem grauen Nachmittag war der Moon Walk bestimmt der kälteste Ort der Stadt. Der Wind blies scharf über den Mississippi und trieb die Wellen in Kringeln vor sich her. Ich fror selbst in meinem norwegischen Silberfuchs, und er schlotterte mir um die Beine, als ich über die Uferpromenade an leeren Bänken vorbeiging. Verdammt noch mal, wo blieben die Hitzewallungen, wenn ich sie brauchte?

Niemand anderes war so hirnverbrannt, sich hier draußen hinzusetzen, also hatte ich keine Probleme, meinen Interviewpartner zu finden. Er saß auf der am weitest entfernten Bank, hatte ein Bein übers andere geschlagen und schaute über den Fluß nach Arabi. Obwohl er mit Armeejacke und Sweatshirt nur dünn angezogen war, schien er sich wohlzufühlen, als spürte er die Kälte nicht.

Ich mißtraue Leuten, die Kälte nicht spüren.

»Philip Rudd?«

»Ja.« Er hob die Hand. »Bitte, setzen Sie sich.«

Rudd hatte lange, zu einem Zopf gebundene Haare und einen eindrucksvollen dichten Bart, als versuche er, ein bißchen von der Hippie-Ära einzufangen, die er verpaßt hatte. Das ging aber voll daneben, denn der Bart war grau, und sein Haar wurde spärlich.

Ich setzte mich wohlüberlegte dreißig Zentimeter von ihm weg auf die Bank und kuschelte mich in meinen weißen Pelz.

»Da haben Sie einen merkwürdigen Ort für ein Interview ausgesucht.«

»Ich wollte es ganz intim haben. Sie nicht?« Fünf Sekunden Pause, dann schob er hinterher: »Cherry?«

Ich wirbelte herum. Cherry? So hatte mich keiner mehr genannt, seit ...
»Wie bitte?« Ich setzte eine charmant verwirrte Miene auf. »Ich bin Margo Fortier.«
»Ich weiß, wer Sie sind. Und wer Sie waren. Was Sie getan haben. Alles. Ich habe Ihre Karriere genauestens studiert.«
Ich stand reichlich unter Schock, kriegte aber immer noch ein vollendetes Pokergesicht hin.
»Ich bin geschmeichelt.«
»Fein.« Der Wind blies so kräftig, daß Rudds Zopf wehte. Er stopfte ihn unter seinen Jackenkragen. »Vor zwanzig Jahren hatten Sie kein Geld, keine Familie, keine Ausbildung und verdienten Ihr täglich Brot als Stripperin auf der Bourbon Street. Stimmt's?«
Ich nickte. »Stimmt.«
Meine Unbekümmertheit schien ihm nicht ins Konzept zu passen. »Ja ...« Er zog die Brauen hoch. »Wollen Sie nicht wissen, woher ich das weiß?«
»Aber ja doch«, sagte ich, als sei nichts irrelevanter als das.
»Vor zwanzig Jahren war ich in der Armee, in Bien Hoa mit einem Freund von Ihnen. Dennis McMurtry haben Sie doch gewiß nicht vergessen.«
Ich beobachtete, wie die Wellen weißlich gegen die Felsen unter uns schlugen, und eine Minute war mir überhaupt nicht kalt. »Natürlich nicht. Ich erinnere mich an Dennis.«
»Gut, ich gehörte zu seiner Hubschraubercrew. Ich war der Bordschütze an der rechten Tür.«
Jetzt fiel mir alles ein. Natürlich, verdammte Scheiße, konnte ich nicht *zählen?*
Die Hubschrauber hatten immer vier Mann Besatzung. Dennis war der Pilot, da brauchte er einen Ko-Piloten und zwei Bordschützen. Und zu meinem unsäglichen Glück kreuzte jetzt nach zwei Jahrzehnten Philip Rudd

auf, gesund und munter. Und vielleicht auch noch hungrig. Wieviel wußte er wirklich?
Ich legte die Hände über die Ohren, die waren mittlerweile zu Eisklumpen gefroren.
»Dennis hat mir von den Männern, mit denen er geflogen ist, geschrieben. Aber nach der langen Zeit erinnere ich mich leider nicht mehr an alles.«
»Wir waren schon ein wilder Trupp in dem Flieger«, sagte Rudd mit gespielt liebevoller Erinnerung. »Der eine war geistig minderbemittelt. Der andere ein Pechvogel. Der dritte ein Soziopath.«
Stimmt, das war er, ein Soziopath. Das Wort kannte ich vor zwanzig Jahren nicht. Aber ich sagte nur: »Oh?«
»So verschieden wir vier auch waren, wir schafften es, eine profitable Partnerschaft auf die Beine zu stellen. Aber das wissen Sie ja schon, nicht wahr?«
»Lange her«, war das Unverbindlichste, das ich hinkriegte.
Er betrachtete den Fluß, nicht mich.
»Der Ko-Pilot Eddie Le Blanc trat auf eine Mine und fuhr in hohem Bogen zur Hölle. Wohin McMurtry fuhr, wissen Sie.«
»Ja.«
»Savitch war stinksauer, als das Ding platzte, er versprach mir, er würde die Antwort hier in den Staaten finden. Aber als er endlich in Richtung Heimat abdampfte, war ich schon Ho Chi Minhs Ehrengast.«
»Aha«, ermunterte ich ihn zum Weiterreden, damit er alle seine Karten aufdeckte.
Aber das sollte an dem Tag nicht mehr geschehen. Ein blechernes Piepsen ertönte, und Philip Rudd klopfte auf seine Uhr. »Ich habe mit Bill Elder ein großes Interview auf Kanal vier.«
Wir standen beide auf.
»Wir sollten uns mal wieder treffen«, sagte ich.

Er lächelte, und seine Zähne waren viel zu weiß, um echt zu sein.
»Es wird mir ein Vergnügen sein.«

21

Mississippi, Juli 1970

Zum zehnten Mal in einer Stunde richtete ich meine Sonnenblende. Wir fuhren genau nach Osten, und die Sonne stach mir durch die Windschutzscheibe in die Augen. Savitch störte sie anscheinend nicht. Er kniff die Augen auch nicht öfter als sonst zusammen.
Der Chrysler hatte ein Radio mit Jensen-Lautsprechern, ich fühlte mich wie auf einem Live-Konzert. Beim Finale eines Tom-Jones-Konzerts: »Wonderful, Wonderful.« Mit einem Strohhalm schlug ich den Takt auf dem Milchshakebecher.
»Was meinst du, ist er wirklich so sexy wie Englebert?«
»Diesem Thema habe ich mich nicht so eingehend gewidmet, wie ich sollte.«
Savitch hatte seinen Hamburger gegessen und beide Hände wieder auf dem gepolsterten Steuer.
»Englebert ist größer und romantischer.« Ich sammelte unsere Tüten und Servietten ein. »Aber sein Hals ist zu lang, deshalb weiß ich nicht so genau.«
»Na, dann entscheide dich bald.«
Ich glitt hinüber und legte meine Hand auf Savitchs Knie. »Das Aussehen ist natürlich nicht alles.«
»Danke.«
Er sah auf die Straße. Ich sah ihn an. Wenn er nur blond

statt dunkel wäre, muskulös statt dürr, warm statt kalt, dann wäre alles leichter. Mit dem Körperlichen kam ich zurecht. Gib einem Typen im Bett, was er will, und du hast ihn im Griff.

Die Möse ist der große Friedensstifter.

Außerdem sind die Männer alle auf Egotrip und ergreifen immer liebend gern die Gelegenheit, über sich zu reden. »Wann bist du eingezogen worden?« fragte ich.

»Eingezogen? Überhaupt nicht.« Er lächelte nur mit den Mundwinkeln. Seine Augen hielten sich da völlig raus. »Ich habe mich freiwillig gemeldet.«

»Freiwillig?«

»Aus tiefster Überzeugung. Richter Russo hatte direkt im Gerichtssaal sein eigenes Einberufungsbüro eingerichtet. »Ab in den Bau oder ab nach Vietnam!« Savitch spannte die Kinnmuskeln an. »Damals kapierte ich, was für ein wahrhaft patriotischer Mann ich war.«

Biloxi am Golf besteht nur aus weißem Sand und dem Highway. Es ist ein Badeort für ganz Mississippi, aber ich kann mir nicht vorstellen, wie man hier Ferien machen kann. Das Leitungswasser stinkt nach Schwefel. Die Motels sind beschissen, und noch beschissener, seit der Hurrikan Camille hier im letzten September zugeschlagen hat.

Wir düsten über den Highway, der Strand lag zu meiner Rechten, keine Menschenseele war zu sehen. Von einer Reklametafel grinste ein kerliger Dummbeutel in kariertem Hemd aus einem blauen Auge und behauptete: »Wir Tareyton-Raucher würden eher kämpfen als die Marke wechseln.«

Das »blaue Auge« war mit schwarzer Schuhcreme angemalt, und ich dachte, was, wenn dieses Großmaul wirklich kämpfen müßte? In einer Schlacht, die er nicht gewinnen konnte ...

»Sie heißt Agatha Klundt.« Savitch hielt beim Fahren

ein Stück Papier ans Steuer. »McMurtry hat sie sich warmgehalten, als er in Keesler stationiert war.«
»Das muß ihr richtiger Name sein«, sagte ich. »Als Agatha würde kein Mädchen tanzen. Das ist ja schlimmer als Margaret.«
»Die Motive und Einstellungen von Stripperinnen kennst du sicher besser als ich.« Er fuhr auf den Randstreifen, um die Landkarte zu studieren. Nicht, daß er mich damit betraut hätte. »Die Adresse ist Shamrock Motor Court, noch drei Meilen auf dem Highway.«
»Sie wohnt in einem *Motel?*«
»Das tun solche Mädchen oft.«

»Nein, ist sie nicht.« Die Managerin des Shamrock Motor Court schüttelte den Kopf, an dem sich jemand mit groteskem Erfolg am Bleichen versucht hatte. Sie selbst wahrscheinlich. Sie hatte gelb angetestet und war nur bis orange gekommen. Die Frau war mindestens vierzig und außerdem noch fett.
(Hoffentlich werde ich nie so alt oder so häßlich.)
»Agatha ist abgehauen, ohne die restliche Miete zu zahlen.«
»Wissen Sie, wohin?« fragte ich.
»Zum Kuckuck, nein. Sie ist abgehauen und schuldete die Miete, hab ich Ihnen doch gesagt. Glauben Sie, da erzählt sie *mir,* wo sie hingeht?«
»Wissen Sie, wo sie arbeitet?«
»Arbeitet?« Die Frau fuchtelte mit den Armen, und das Fleisch darunter geriet in Wallung und schwabbelte. »Die arbeitet doch nicht. Die blöde Kuh ist bloß ne Nutte in einem von den Clubs da unten. Die sind doch alle gleich.«
»Wie sieht sie denn aus?«
»Wie eine *Nutte.*«
»Ist sie blond? Brünett?«
»Jede Woche anders, Scheiße.«

»Unter welchem Namen tanzt sie?«
»Sheba ... Sheena ... Scheiß ... Woher zum Teufel soll ich das wissen?« Sie verschränkte ihre fetten Arme vor der Brust. »Tut mir leid, ich hab zu tun.«
»Danke.« Ich war so zufrieden, daß ich mich umdrehte und wahrhaftig zum Wagen zurückhopste. Dennis konnte unmöglich eine Tussi geliebt haben, die keine Miete zahlte.
Ich berichtete Savitch Wort für Wort von dem Gespräch. »Keine Bange, er hätte einer ›Sheba, Sheena, Scheiß‹ nicht mal Kieselsteine, geschweige denn, Diamanten anvertraut.«
»Vertrauen *mußte* er ihr ja gar nicht. Schnallst du das nicht?« Der Chrysler fuhr eine Runde um den Parkplatz und sauste wieder nach Osten. »McMurtry hatte vor, das Mädchen noch einmal zu besuchen, ihr den Arsch zu tätscheln und sich dann mit der Jacke zu verdrücken.«
»*Falls* er ihr die Diamanten geschickt hat.«
»Und das ›falls‹ ist was, was ich bis jetzt noch nicht weiß.«
»Wo fahren wir hin?«
Ich fragte nur ganz leise. Wenn er nicht antworten wollte, konnte ich so tun, als hätte ich nur mit mir selbst geredet.
»Die Stripperlokale sind alle nah beieinander am Strand. Und zwar in der Richtung.«

22

New Orleans, 1990

Mein Gatte und ich haben für mittwochs abends einen festen Termin in unserem Eßzimmer. Er kocht irgendwas Cordonbleumäßiges, wir legen einen Stapel Piaf-Platten auf, zünden Kerzen an und erzählen uns den Klatsch der Woche. Bisher hat Julian immer den kernigsten beigesteuert, er verkehrt ja schließlich in Schwulenkreisen. Aber in den letzten fünf Jahren haben sich seinesgleichen in Monogamie, Zölibat und Telefonwichsrendezvous zurückgezogen. Also sorge ich für die Unterhaltung, wenn auch selten in der ersten Person.

»Du weißt doch, daß ich diesen Kriegsgefangenen interviewen sollte?«

»Philip Rudd, den Helden?«

»Den. Stellt sich heraus, er war im Krieg mit Dennis befreundet.«

»Dennis?« Julian wandte den Blick nicht von seinen Austern. »Der G.I., der dir sein Geld hinterlassen hat?«

»Ja, und es sieht so aus, als ob Rudd deswegen gekommen wäre. Wegen des Geldes.«

Er legte die Gabel fein säuberlich horizontal oben auf den Teller. Dann stellte er die Kerzendekoration zur Seite, um mir in beide Augen zu sehen. »Und hat er ein Anrecht darauf?«

»Nein. – Aber ich ... Also, ich auch nicht.«

»Oh Gott, Margo. Hat er Beweise?«

»Keine. Deshalb hat er mir die anonyme Botschaft geschickt.«

»Versucht er dich einzuschüchtern?«

»Ein bißchen mehr noch, heute hat er eine winzig kleine, hauchzarte Andeutung fallenlassen.«

Die Kerzenflamme verdoppelte sich in seinen Augen.
»Was machen wir da?«
Das wußte ich zu schätzen. Das »wir«.
Julian hat mich in allem, was ich getan habe, unterstützt, in guten und weniger guten Zeiten. Ihn zu heiraten war einer der klügsten Schachzüge meines Lebens.
Ich nahm das Salzfaß.
»Ich hab alles im Griff, Liebling. Jupiter bewegt sich in meinem Achten Haus retrograd, das ist eine gute Zeit, reinen Tisch zu machen.«
Er runzelte die Stirn. »Im Achten? Ist das nicht das Haus des Todes?«

23

Biloxi, Juli 1970

Der Rausschmeißer mit der Rausschmeißerstatur musterte mich von oben bis unten.
»›Cherry‹? Du bist Tänzerin? Du willst arbeiten?«
Ich tätschelte meine platinblonde Perücke. »Ja.«
»Wir zahlen fünfzehn pro Abend, und du kriegst die Hälfte von den Drinks.«
»In Ordnung.«
Fünfzehn war herzlich wenig für ein Mädchen mit meinen Talenten. (Normalerweise streich ich zwanzig ein.) Aber wegen der Knete war ich eh nicht da.
»Wo hast du vorher gearbeitet?«
»Auf der Bourbon Street in New Orleans.«
Ich schaute an ihm vorbei in den Club. Verglichen mit dem Ondine in Biloxi war Madame Julie's das reinste

El Morocco. Als Blickfänger eine kleine quadratische Bühne aus unlackiertem Holz unter trüben roten Glühbirnen. Holztische und -stühle waren auf drei Seiten darum herum arrangiert. Aus der Musikbox plärrte ein Merle-Haggard-Song: »Walkin' On The Fightin' Side Of Me.« Ein Dutzend Mädchen wanderte durchs Gelände. Vielleicht die Hälfte war hübsch.

»Noch ein Mädchen können wir immer gebrauchen.« Er rief nach hinten: »Cindy?«

Cindy gehörte zur nicht-hübschen Hälfte. Sie hatte ein Gesicht, das nur eine Mutter lieben konnte, Hasenzähne und kein Kinn. Aber einen Riesenbusen.

»Hast du ne neue Tänzerin, Leo?«

»Ja, wenn sie's bringt. Nimm sie mit nach hinten und gib ihr die Hausordnung.«

Als ich hinter Cindy hermarschierte, schauten mich die anderen Mädchen so an, wie ich sie anschaute, sie verglichen. Die meisten befanden, daß ich keine ernsthafte Konkurrenz sei, und liefen wieder ziellos durch die Gegend.

In dem Ri-Gips-verkleideten Raum zeigte Cindy mir, wo ich meine Tasche auf dem Boden abstellen konnte.

»Wir machen in zehn Minuten auf. Es läuft folgendermaßen: Jedes Mädchen muß es bei jedem Trinkfreier probieren, der reinkommt.«

»›Probieren‹?« Ich schälte mich aus meinen Elephant-Hosen mit Schlag und dem »Lovin' Spoonful«-T-Shirt.

Cindy runzelte kaugummikauend die Stirn. »Habt ihr euch nie zu den Typen gesetzt?«

»In New Orleans ist das verboten. Im Quarter buchten sie dich ein, wenn du mit einem Gast zusammen *sitzt.*«

»Hm, im Prinzip ist hier nur das angesagt. Du gehst zu einem Gast, pflanzt dich an seinen Tisch, fragst ihn, ob er dir einen Drink spendiert. Wenn er nein sagt, stehst du auf, und ein anderes Mädchen probiert es. Wenn er ja sagt, läßt du einen nach dem anderen anrollen.«

»Drinks?«
»Ja, sie kosten fünf Dollar; du kriegst zweifünfzig. Lizzie, die Kellnerin, ist schnell. Kaum sieht sie, daß dein Glas leer ist, hängt sie auch schon über ihm und fragt ihn, ob er dir noch was bestellen will.«
»Ganz schön harte Geschäftspraktiken.«
»Irgendwovon mußt du ja leben, oder?« Sie sah in den Spiegel. An ihrer Stelle würde ich darauf verzichten.
»Allerdings. Aber der Freier erwartet doch mehr als einen gepflegten Plausch für sein Geld.«
»Rückt er dir auf die Pelle, schiebst du einfach seine Hand weg und sagst: ›Dafür haben wir Zeit, wenn wir in deinem Hotel sind.‹« Cindy klapperte mit den Wimpern und spulte die ganze Nummer ab. »›Bestell mir noch was zu trinken, Baby.‹ Du spielst dein Spiel und kippst sie runter, und der Typ ist in einer halben Stunde erledigt.«
»Meinst du, er ist pleite?«
»Ja, sobald er aufhört, was zu bestellen, verpißt du dich. Stehst auf und probierst einen anderen Gast.«
»Ganz schön gemein gegenüber dem Typen.«
Sie ballte die Hand zur Faust. »Meinst du, der schert sich einen Dreck um *uns,* wenn er hier wieder rausgeht? Er geht nach Haus zu seiner Scheiß*frau.*«
»Ja, seiner Frau.«
Ehefrauen sind die Feinde. Die fetten Votzen sitzen zu Hause, rühren keinen Finger und werden von vorn bis hinten versorgt. Wenn wir so blöd wären und sie ließen, würden die Männer uns ›schlechte‹ Frauen die ganze Nacht benutzen und dann ihre Gehaltstüten hübsch nach Hause zu den ›guten‹ Frauen tragen.
Mittlerweile war ich nackt, und als ihr Blick unter meine Taille wanderte, kicherte sie: »Huch, du rasierst dir die Pflaume?«
»Muß ich ja für den G-String.«
»Strings sind in Mississippi illegal. Titten auch. Hier

läßt du BH und Slip an. Bis gleich, draußen.« Sie ging zur Tür.
»Warte mal einen Moment.« Sie drehte sich um, kaute mit offenem Mund. »Kennst du Agatha Klundt?«
Cindy lachte. »Reizender Name, was? Nie gehört von so ner Schnalle.«
Wie sollte sie auch? Kein Showgirl würde versuchen, einen Auftritt als Agatha Klundt zu kriegen. Und ich konnte ja wohl schlecht nach »Sheena-Sheba-Scheiß« fragen. Ich mußte einen anderen Weg finden.
Mich schickten sie natürlich als erste auf die Bühne, als noch kein Geld zu machen war. Ich tanzte zu Dawn, die »Knock Three Times« sang, und beobachtete, wie die anderen Mädchen aus den Bauernfickern Fünf-Dollar-Drinks rausleierten, schalen Sekt in Cocktailgläsern.
Als ich mit meinem Auftritt fertig war, war immer noch nicht viel los, deshalb zog ich die Jeans über mein Bikinihöschen und setzte mich zu den Mädchen, die Pause hatten, an den hintersten Tisch. Sie betrachteten mich alle feindselig. Frische Möse, frische Konkurrenz.
Ich zog einen Holzstuhl heran und setzte mich einfach zu ihnen, ob es ihnen paßte oder nicht. »Hallo!«
Zwei, drei besaßen immerhin den Anstand, mit einem gewissen Grad an Freundlichkeit auch »Hallo« zu sagen. Dann warf ich mein Foto von Dennis mitten auf den Tisch. »Den kennt ihr alle?«
Die Mädchen sahen es ausdruckslos an. Dann mich. Ich hatte doch schon bewiesen, daß ich nicht von der Sitte war, ich hatte bis zum gesetzlich erlaubten Limit gestrippt. Warum stellte ich jetzt plötzlich Fragen?
Eine Rothaarige, die alt genug war, sich als Hausmutter zu betrachten, nahm es. »Nöh. Sieht aber hübsch aus.«
Eine Spülwasserblondine schaute ihr über die Schulter. »Soldat? Dein Freund?«
»War er.«

»Hat er dich angebumst?«
Ich klopfte mir auf meinen flachen Bauch.
Ein spilleriges Mädchen, das wahrscheinlich mit einem gefälschten Ausweis anschaffte, beugte sich über das Foto und hielt es in das Licht von der Musikbox. »Den hab ich schon mal gesehn.«
»Wirklich?« lächelte ich, um ihr Mut zu machen, ich wollte aber auch nicht zu neugierig klingen.
Sie reichte das Foto einer Brünetten, um eine zweite Meinung einzuholen.
»Ist das nicht der Alte von Salome?« Die Brünette nickte zustimmend.
Salome!
»Ich habe gehört, Salome ist eine irre gute Tänzerin«, schwärmte ich los. »Wo arbeitet sie jetzt?«
»Wer hat dir das denn erzählt? So dolle ist sie nun auch wieder nicht«, sagte die Brünette.
»Die arbeitet im Lady Lee's«, sagte das spillerige Mädchen. »Die hat sich doch mit Eddie zusammengetan. Der managt den Schuppen.«
»Scheiii-ße! Ich geb ihr eine Woche!« sagte ein Mädchen, dessen Schlüsselbein kilometerweit vorstand.
Ich wandte mich an die Brünette. »Hat Salome nicht wahnsinniges rotes Haar und eine irre Figur?«
»Woher denn? Nein!« Verächtlich schob sie ihren Stuhl zurück. »Ein dicker fetter Arsch, das ist alles an Figur, was die hat. Und ihr Haar ist braun. Und sie hat fast einen Bürstenschnitt.«
»Vielleicht eine irre rote Perücke«, sagte Schlüsselbein.
Ein grobschlächtiger Typ mit Cowboyhut und Hufeisenring mit Diamant rollte durch die Tür, und meine Tischgenossinnen sprangen alle auf und rannten los, als ob jemand »Feuer!« geschrien hätte.
»Elwood!«
Ich lief nicht mit der Herde.

24

Biloxi, Juli 1970

»Sie tanzt als Salome im Lady Lee's und lebt mit ihrem Manager Eddie zusammen.«
Savitch stand auf, machte den Farbfernseher aus, und der bunte NBC-Pfau wurde schwarz und verschwand.
»Braves Mädchen.«
Ich zog die Perücke ab und ließ mich aufs Bett plumpsen. »Sie kann Dennis überhaupt nichts bedeutet haben. Sie war ihm nicht mal treu.«
»Aber *du,* was?«
»Natürlich.« Dann fiel mir ein, daß er womöglich auf Sostenne anspielte. Aber die Beziehung verstand er sowieso nicht, es hatte keinen Zweck, sie mit ihm zu diskutieren. »Ganz egal, ich bin fest überzeugt, daß ihm keins von den Mädchen was bedeutet hat. Es lohnt sich gar nicht, noch mehr aufzuspüren.«
Er schaute aus dem Fenster auf die Neonreklame des Motels.
»Was ist mit den Klunkern?«
»Oh.«
»Oh?« Er drehte sich langsam um, und wieder zuckte ich unter seinem Blick zusammen.
»Ich meine, ich meine, wir stochern doch völlig im Nebel, oder etwa nicht? Wir sind auf der falschen Spur ... Mann, das ist doch alles für'n Arsch.«
Er kam zum Bett und stellte sich über mich.
»Wir stochern so lange im Nebel, bis wir was aufspießen. Wir bleiben auf der Spur, bis wir sie alle durch und die Beute gefangen haben.«
Ich rollte mich zusammen wie ein Stachelschwein, das seinen weichen Bauch schützt.
»Ich hab dir geholfen, Salome zu finden.«

»Ja, hast du.« Er schlug seinen Ärmel hoch und sah auf die Uhr. »Wir gehen essen.«

»Au, toll!« Ich sprang auf und schnappte meine Turnschuhe. »Ich sterbe vor Hunger.«

Biloxi hatte bloß ein Lokal, das die ganze Nacht offen war, auf dem Highway 90, deshalb hieß es, dort oder nirgends, wenn die Mädchen von der Arbeit kamen. Das Essen war fettriefender, zusammengemanschter Fraß, den wir in New Orleans nicht mal unseren Kötern vorsetzen würden. Aber ich war dankbar, in der Öffentlichkeit zu sein, wo alles normal war.

Hier konnte ich den Mut zusammenkratzen, um zu sagen, was ich zu sagen hatte. Ich beugte mich über mein Segelboottischset, damit es keiner mitkriegte.

»Es war total schau, weißt du? Mit dir durch die Gegend zu fahren.«

Savitch langte nach seinen Salems. »Du könntest sogar sagen, es war ein ›Trip‹.«

»Ja, war es. Aber im Grunde, ich glaube, wir beide passen körperlich nicht zueinander, capito? Die Vibrationen stimmen nicht.«

»Ach so.« Er schüttelte eine Zigarette heraus und klopfte mit dem Daumen darauf. »Ein Problem der Vibrationen.«

»Ja, wir haben kein gemeinsames Karma.«

Er zündete die Zigarette an, inhalierte eine Lunge voll und sagte dann: »Bist du deshalb mitgefahren? Dachtest du, wir wären Sonny and Cher? ›I got you, babe; you got me, babe ...‹?«

»Nein, wegen Dennis.«

Er beobachtete mich durch den Qualm. »So?«

»Also, wenn du willst, daß ich das Ding weiter mit dir durchziehe und wir die anderen Mädchen suchen, okay. Aber laß uns das Körperliche raushalten. Da sind wir einfach nicht auf einer Wellenlänge.«

Ich schaute Savitch offen ins Gesicht, damit er sah, daß ich entschieden war. Wenn er was dagegen hatte, würde ich mich in den Greyhound schmeißen, und ab ging's nach New Orleans, in Nullkommanix ... Ich war soweit, mit nichts als dem, was ich am Leibe hatte, die Flatter zu machen, und mit dem Gepäck im Zimmer konnte er sich vergnügen. Aber er hatte gar nichts dagegen.

»Wenn du wirklich der Meinung bist ...« Er zuckte mit den Schultern.

»Danke.«

Er nahm die Speisekarte. »So, jetzt essen wir.«

Ich las meine Speisekarte sorgfältig und entschied mich für den ›Frühaufsteher spezial‹: Schinken und Eier (Zubereitung nach Wahl), Muffins, Saft und Kaffee. Bei Eiern konnten sie selbst hier keinen großen Schaden anrichten.

Die Kellnerin war fett und fröhlich und hatte vermutlich eine wunderbare Familie zu Hause. Sie wartete geduldig an unserer Nische, strahlte, als wir zweimal ›Frühaufsteher spezial‹ bestellten, und versprach »in zwei Minütchen ...« zurück zu sein.

Ich blätterte die Aluminiumseiten der Musikbox um, und Savitch gab mir einen Quarter, damit ich »It Wasn't God Who Made Honky Tonk Angels« spielen konnte.

Die fröhliche, selbstsichere, solide Kellnerin balancierte unsere Teller auf dem Arm und zwitscherte, während sie sie vor uns hinstellte: »Rührei für die Dame, überbackenes Spiegelei für den Herrn. So, bitte. Achtung, die Teller sind heiß.«

An meinem Platz stand ein Suppenschälchen, und darüber lag eine Serviette. Ohne nachzudenken, nahm ich sie. In dem Schälchen war keine Suppe, aber ein Zeitungsausschnitt aus dem *Houston Chronicle*, Balkenüberschrift: »Tänzerin gefunden. Bizarrer Mord.«

Ich las die Story zweimal.
»Die Leiche von Sandra Hayes, 23, wurde heute morgen von ihrer Schwester im Houston Trailer Park aufgefunden. Nach Polizeiberichten wurde Miss Hayes, die als Tänzerin im Seashore Club arbeitete, gefesselt und gefoltert, bevor sie in ihrer eigenen Wohnung von einem oder mehreren Unbekannten erdrosselt wurde. Weitere Einzelheiten werden wegen der andauernden Ermittlungen noch nicht bekannt gegeben.«
Ich legte die Hand darauf und fror meine Gesichtszüge ein. Savitch lehnte sich auf seiner Bank zurück, beobachtete mich, saugte innen an seinen Wangen. Er schnipste Asche von seiner Zigarette.
»Und? Was meinst du jetzt?«
Ich ließ mir nichts anmerken. »Nichts meine ich.«
Ich steckte den Artikel über die gefolterte und erdrosselte Tänzerin in die Handtasche und nahm meine Gabel. Dann legte ich sie wieder hin. Savitch zerquetschte das Eigelb in seinem Spiegelei.
»Iß dein Frühstück.«
Ich schüttelte den Kopf. »Ich hab keinen Hunger.«
»Aber es ist gesund.« Da war wieder der sanfte pseudomütterliche Tonfall. »Du mußt essen.«
Bei seinem Blick lief es mir kalt über den Rücken. Um es zu verbergen, beugte ich mich über meinen Teller. Er lehnte sich über den Tisch und flüsterte: »Den ganzen Teller leer.«
Ich nahm die Gabel und fing an, Sachen auf meinem Teller zu zerteilen und in den Mund zu stopfen. Ich schnitt und stopfte und kaute und schluckte, bis der Teller leer war. Dann schob ich ihn weg und sah Savitch beifallheischend an.
Er nickte lächelnd. »Und, ist das nicht besser?«
»Es ist ...« In dem Moment drehte sich mir der Magen um, das Essen kam mir wieder hoch. Ich schnappte mir eine Serviette, hielt mir damit den Mund zu, stürzte aus

der Nische und rannte in die Damentoilette. Ich hatte totales Schwein, daß niemand anderes die Klozelle benutzte, denn ich fiel auf dem nassen Linoleumboden auf die Knie und erbrach alles außer meinen Eingeweiden.

Im Motelzimmer putzte ich mir zuerst die Zähne, ging dann zur Kommode und bürstete mir die Haare. Ich wußte nicht, was ich sonst tun sollte, deshalb bürstete ich einfach weiter.

Savitch lag auf dem Rücken im Bett, hatte die Hände hinter dem Kopf gefaltet und beobachtete mich einen Moment lang mit zurückgeworfenem Kopf und eingezogenen Wangen.

»Du findest also, wir sind nicht auf einer Wellenlänge.«

»Ich hab nur Spaß gemacht.«

»Heute morgen hast du Widerstand geleistet.«

»Nein.« Ich verkrampfte mich und legte die Bürste hin. »Nein, habe ich nicht.«

»Hast du doch«, widersprach er in seiner ruhigen So-spricht-man-mit-einem-Kind-Stimme. »Ich habe an den Armen gespürt, wie du mich mit den Händen wegschieben wolltest.« Er zog sich den Gürtel raus und ließ ihn knallen. »Das passiert diesmal nicht.«

»Bitte ...« Meine Kehle war wie zugeschnürt, ich mußte es gequiekst haben. »Ich tue, was du willst.«

»Ja, Margaret. Das wirst du. Komm her.«

Ich ging zum Bett.

Savitch zog das Gürtelende durch die Schnalle und machte eine Schlaufe. »Streck die Hände aus.« Ich tat es, und schaute weg, er zog die Schlaufe enger um meine Gelenke. »Ich mache mir gern das Leben so einfach wie möglich.« Dann setzte er sich mit gespreizten Beinen auf mich, zog mir die Arme über den Kopf und legte das freie Ende des Gürtels um den mittleren Pfosten des Kopfteils und zurrte es fest.

Ich spürte, wie meine Hände taub wurden. »Du brauchst mich doch nicht …«
»Sag nichts.« Er ließ seine Jeans wieder genau halb über seine Oberschenkel herunter. »Das lenkt ab.«
In der Minute, fühlte ich, hatte John Savitch mich völlig in der Hand. Er konnte mir das Privileg, zu leben, verleihen oder entziehen, je nachdem, ob ich tat, was ihm gefiel, oder nicht.
Als er in mich hineinstieß und sich in mir bewegte, härter und tiefer, zogen sich meine Muskeln zusammen, und die Spannung schwoll zu immer höheren Wellen, bis ich die Riesenwelle spürte, zu hoch, um sie abzuwehren. Dann brach sie. Und dann durchfloß mich dieses Zucken. Unerträglich gut. Auf die Art war es mein erstes Mal.

25

Biloxi, Juli 1970

In ein Handtuch gewickelt, kam ich aus dem Badezimmer, denn wenn ein Mann einmal mit einer Pussy fertig ist, will er sie nicht mehr sehen.
Savitch lehnte an der Kommode, meine Handtasche lag offen neben ihm. Er hielt die grüne Garnrolle hoch, wickelte ungefähr dreißig Zentimeter davon ab, schaute dann das Garn an, dann mich und dann wieder das Garn. Ich hatte vergessen, daß ich sie, nachdem ich die Jacke in New Jersey wieder zugenäht hatte, immer noch dabei hatte, sonst hätte ich sie in irgendeinem Damenklo weggeworfen.
Mein Magen krampfte sich zusammen, aber ich brach-

te ein kokettes Lächeln zustande. »Soll ich dir was nähen?«
»Nein.«
Da stand ich mit meinem Handtuch und wartete, daß er entschied, was mit mir geschah. Als er sagte: »Ich gehe jetzt«, gestattete ich mir, wieder zu atmen.
»Aha?« Ich verriet nichts.
»Du bleibst hier.«
»Ja.«
Er ging drei Schritte in die Ecke, holte den unechten Antikstuhl und stellte ihn mitten ins Zimmer.
»Setz dich hin.«
Das tat ich und hielt das Handtuch fest. Er rollte noch dreißig Zentimeter Garn ab. »Hände auf den Rücken.«
Ich gehorchte. Er zog mir die Arme um die Rückenlehne des Stuhls, band mir die Handgelenke zusammen und an das runde Holzgestell. Ich spürte, wie er zum Schluß einen Knoten machte und das Garn abriß.
Er legte mir die Hand auf die Schulter. »Bequem?«
»Ja.« Mein Handtuch war zu Boden geglitten, aber ich konnte es nicht wiederholen.
»Ich bin bald zurück.«
Ich saß mit dem Rücken zur Tür und sah nicht, wie er hinausging. Wenn er draußen Aufstellung bezogen und darauf gelauert hätte, daß ich den Fehler beging, mich loszumachen, ich hätte nichts davon mitgekriegt.
Falls Savitch sich zu Lady Lee's aufmachte, um Agatha Klundts Tarnjacke zu suchen, würde er sich gewaltig umgucken. Diese Tänzerin hatte einen Kerl, Eddie, den Manager. Sie war nicht mutterseelenallein und schutzlos wie die arme Sandy in Houston.
Ich versuchte, mich Wort für Wort an den Artikel über Sandy zu erinnern, und kam nicht von dem Satz los: »Weitere Einzelheiten werden noch nicht bekanntgegeben ...« Sie würden nicht drucken, wie das Mädchen gefoltert worden war, als sie versuchte, die Jacke und

ihre Geheimnisse für sich zu behalten. Die Menschen, die sie liebten, würden nicht wollen, daß das bekannt wurde.
Ich stellte mir Eddie den Manager als großen, starken Mann vor, der aus Savitch Kleinholz machen konnte. Und bestimmt hatte er ein Gewehr. Alle Clubmanager brauchen eine Waffe, um sich gegen Überfälle zu verteidigen, deshalb bewahren sie eine in der Kassenschublade oder unter dem Tresen auf.
Eddie hatte seine wahrscheinlich unter dem Tresen.
Ich spreizte die Knie, um mich abzustützen und meinen Rücken strecken zu können, ohne an dem Faden zu ziehen.
Ich überlegte, ob Savitch die Sache vielleicht falsch angehen und Eddie seine Knarre ziehen und ihn erschießen würde. Aber wenn er tot war und nicht zurückkam und mich befreite, was passierte dann mit mir? Wie lange würde ich warten? Für immer und ewig?
Savitch würde die Sache nicht falsch angehen.
Dennis hatte für unser gemeinsames neues Leben das Geld besorgen wollen. Aber er hatte einen schlimmen Fehler begangen, als er die Armee bestahl, und einen tödlichen, als er seine Partner, John Savitch, bestahl. Dennis hatte für diesen Fehler schwer gebüßt, er starb eher unter der Folter, als mich zu verraten. Weil er mich liebte, nur mich.
Die anderen Showgirls, denen er geschrieben hatte, hatten nichts bekommen. Da war ich sicher.
Meine Handgelenke waren völlig verkrampft, der Schmerz strahlte bis in meine Unterarme aus, aber ich befürchtete, wenn ich sie nur ein bißchen bog, würde der Faden reißen. Hätte er mich doch bloß mit einem Seil gefesselt.
Ich dachte an Tommy. Wenn ich jemals heil hier rauskam, würden wir uns Dennis' Geschenk holen und zu-

sammen reich sein. Wenn nicht, würde mein Bruder allein reich sein.
Mein Rücken war ein einziger Schmerz und tat weh bis hoch zu den Halsmuskeln. In meinen Armen pochte es so sehr, daß ich Angst hatte, ich kriegte plötzlich Krämpfe und der Faden würde zerreißen.
Ich dachte an Richter August Hartman, und eine Riesenkraft durchflutete mich. Ich konnte meinen Rücken strecken. Mein Haß auf ihn ist stärker als alles andere in meinem Leben. Aller Schmerz, alle Furcht.
Savitch hatte ein unschuldiges Mädchen ermordet, nur auf die Möglichkeit hin, daß sie etwas besaß, das er haben wollte. Und es machte ihm nicht das geringste aus. Er empfand kein Mitleid, keine Reue, nichts.
Und ich würde alles tun, was er sagte. Ich war seine absolute Sklavin.
Ich hatte jegliches Zeitgefühl verloren, war aber bestimmt drei Stunden an den Stuhl gefesselt, bis ich endlich hörte, wie sich der Schlüssel im Schloß drehte und die Tür hinter mir aufging. Ich brüllte nicht los, denn wenn ich meine Lungen mit Luft gefüllt hätte, wäre der Faden vielleicht genau den einen Zentimeter enger geworden, den er sich nicht mehr dehnen konnte.
Savitch kam herein; ich roch den Zigarettenrauch. Aber anstatt zuerst mich zu befreien, warf er etwas Weiches aufs Bett, ging ins Badezimmer und ließ Wasser in ein Glas laufen.
Er kam wieder und ging um mich herum, das Glas in Händen. »Gut.«
Er lächelte unverschämt, steckte die Finger in das Glas und bespritzte mich mit Wassertropfen.
»Alles klar. Jetzt kannst du dich losmachen.«
Ich hatte gehofft, er würde mich befreien, aber er hockte sich nur auf die Kommode, beobachtete mich und trank sein Wasser. Meine Muskeln waren so ver-

krampft, daß ich den Faden beim ersten Versuch gar nicht zerriß. Aber beim zweiten.

Das weiche Ding auf dem Bett war eine weitere Tarnjacke, die gleiche wie meine. Savitch ließ sein Klappmesser aufschnappen und reichte es mir.
»Los, zerschneide sie. Ich bin müde.«
Ich nahm die Jacke. Mein kleiner Finger berührte einen nassen Fleck. Klebrig naß. Ich fuhr zurück und ließ die Jacke fallen. Als ich es wagte, ihn anzusehen, hatte er sich weder gerührt noch seinen Gesichtsausdruck verändert.
Ich nahm ihm das Messer aus der Hand, kniete mich auf den Boden und fing an, den grünbraunen Stoff zu zerschneiden. Drei glänzende nasse Flecken waren darin. Zuerst versuchte ich, sie zu ignorieren, aber als die Stücke der Jacke kleiner wurden, wurden meine Hände unweigerlich klebrig und die Falten auf meinen Knöcheln rote Linien. Ich brauchte viel länger als Savitch, um aus dem Tarnstoff Fetzen zu machen, aber ohne zu murren, schnitt ich weiter und weiter, während er auf der Bettkante saß und rauchte.
Endlich war Savitch mit der Größe der Stücke zufrieden und bedeutete mir, aufzuhören. Er schüttelte den Kopf.
»Keine Klunker.«
Meine Muskeln waren so angespannt, daß ich beim Aufstehen stolperte.
»Ist das in Ordnung, wenn ich mir die Hände waschen gehe?«
»Nur zu.«
Ich ging ins Badezimmer und ließ das Wasser laufen, bis es kochendheiß war, dann wickelte ich die kleine Camay-Seife aus und wusch mir die Hände. So lange, bis die ganzen Buchstaben abgewaschen waren. Ich schaute in den Spiegel, während ich mich wusch, und ich sah alt aus. Als ich meine Hände genug gewaschen hatte,

waren sie total verschrumpelt. Ich trocknete sie immer noch ab, als ich hinausging.
Savitch lehnte an der Kommode, und trat lässig gegen die Stoffetzen. Er sah mich an.
»Du scheinst nicht in Stimmung zu sein.«
»Bin ich auch nicht. Tut mir leid.«
»Fühlst du dich auf einmal sterblich?«
Ich legte das Handtuch hin. »Ich weiß nicht, was du meinst.«
»Ich meine, daß auch für dich einmal der Tag kommen wird.«
Ich bemühte mich, seinem Blick auszuweichen, aber er hypnotisierte mich richtig und ließ mich nicht los.
»Ich denke nicht gern darüber nach.«
»Nein?« höhnte er. »Sterben ist aber einfach. Jeder tut es wenigstens einmal.« Er ging zu seiner Reisetasche und zog den Reißverschluß auf. »Ich zeig dir was.« Er langte hinein, holte einen Smith&Wesson-Achtunddreißiger heraus und kam auf mich zu, den Lauf gegen die Decke gerichtet. »Für mich ist es jetzt an der Zeit.«
Ich trat einen Schritt zurück. »Zeit wofür?«
»Abzutreten, kapierst du das nicht? Ich will wissen, wie es sich anfühlt, wenn man stirbt. Ich bin bereit.«
»Du kannst dich nicht selbst umbringen.«
»Will ich ja auch gar nicht.« Sein Lächeln wurde langsam breiter. »*Du* kannst mir die letzte Ehre erweisen.« Er schnappte sich meine Hand und legte sie um den gefleckten Walnußschaft. »Hier. Fühl mal das Gewicht.«
»Nein, ich will sie nicht halten.« Ich versuchte, mich zu entziehen, aber seine Hand umschloß meine, und er schob meinen Zeigefinger sorgsam durch die Abzugsführung.
»Gleich gibst du mir, was ich will, den Tod, den ultimativen Orgasmus.« Er sprach ganz leise und er spießte mich mit seinem Blick auf. »Und dann kriegst du, was

du willst. Dann brauchst du keine Angst mehr zu haben. Wie wär's?«
»Ich könnte niemals ...«
»Könntest du nicht? Warum nicht?« Er drückte sich den Lauf an die Stirn und hielt meinen Zeigefinger mit seinem Daumen auf dem Abzug fest. »Du siehst doch, es ist ganz leicht.« Dann drückte er langsam immer fester. »Jetzt bin ich bereit.«
»Nein!« Ich zuckte weg und wich zurück, bis ich gegen die Wand stieß. »Ich könnte dir nie weh tun. Ich *brauche* dich jetzt.« Die Tränen traten mir in die Augen, ich ließ sie kullern. Meine Stimme brach. »Bitte laß mich jetzt nicht allein!«
»Oh, ich laß dich nicht allein, wenn du nicht willst«, sagte er ruhig und sanft. Dann senkte er den Lauf auf Höhe meines Brustbeins. »Ich nehme dich mit. Okay?«
Ich winselte etwas völlig Sinnloses, warf die Arme vors Gesicht und rutschte weiter weg, mein ganzer Körper zitterte.
Savitch lachte, zog den Abzug, und der Hammer klickte auf einer leeren Trommel. Dann noch zweimal Klicken.
Ich brach zusammen, glitt an der Wand hinunter, bis ich auf dem Boden aufschlug.
Er sah mit blanker Verachtung auf mich herab.
»Wenn du überhaupt einen blassen Schimmer von Knarren hättest, hättest du gesehen, daß sie nicht geladen war.« Er ließ den Revolver um den Finger rotieren und dann wieder in die Tasche fallen. »Kopf hoch. Wir fliegen nach San Francisco.«

26

New Orleans, Januar 1990

»Und dann hat McMurtry behauptet, er warte nur auf die Lieferung der Diamanten. Dachte, er könnte uns hinhalten, bis etwas passierte.«

»Was passierte?«

»Es war eine unsichere Gegend«, sagte Philip Rudd. »Ein Mann konnte sich jederzeit eine Kugel in den Kopf einfangen. Aus jeder Richtung. Aber wir hatten Glück.« Er zuckte mit den Schultern. »Wenigstens ein bißchen länger als er.«

Ich nickte, als sei ich beeindruckt. Dankbar war ich ohnehin, weil dieses Treffen nicht im Freien stattfand. Drei Uhr war lange vor dem Dinner-Ansturm, so daß uns im Bourbon Grill keiner belauschen konnte. Rudd setzte sich zurück und laberte einen aus, wie er meinen Spuren gefolgt und mich gestellt hätte, als baggere er ein hingerissenes, völlig fasziniertes Groupie an.

»Ho Chi Minh hat mich zwei Jahre dabehalten. Und die Unterkunft war der Gesundheit nicht allzu förderlich, deshalb kam ich erst 73 aus dem Veteranenkrankenhaus. Da war die Spur schon ziemlich kalt.«

»Sie müssen einen eiseren Willen haben«, sagte ich. So hätte doch bestimmt ein Groupie reagiert.

»Ich kriegte fast das Gehalt von drei Jahren. Davon nahm ich was und heuerte einen Detektiv an.«

»Der Schnüffler muß gut gewesen sein«, sagte ich aufmunternd.

»Mehr als gut. Er ist auf zwei Morde in einer Nacht in einem Bezirk gestoßen. Ähnliche Todesursache. Bei der einen Leiche wurden keine Papiere gefunden, sie wurde durch Fingerabdrücke identifiziert. Nach Aussagen der Polizei muß eine Frau was damit zu tun gehabt haben.«

»Cherchez la femme«, sagte ich locker vom Hocker. Rudd schlug sich vor die Brust. »Ich kannte Savitch. Der hatte keine Frau. Und ich kannte McMurtry. Der hatte vor, genau hier in New Orleans eine Stripperin zu heiraten.«

»He! Hier sind die Straßen damit gepflastert.«

»Ich habe das Bild an seiner Wand gesehen. Wir sagten nämlich immer zu ihm: ›Mann! Das ist ja ne scharfe Braut! Aber sie hatte keine besonderen Kennzeichen. Nichts, von dem aus ich hätte weitersuchen können.«

»Aha.«

»Ihr Künstlername war Cherry: das war alles, was ich hatte. McMurtry hatte einen ganzen Spind voll mit Briefen mit dem richtigen Namen und der Adresse, aber den hatte Savitch vor der Heimfahrt schon gründlich gefilzt.«

Er trank sein Bier aus und hielt das leere Glas zum Nachfüllen hoch. Der Kellner bedeutete ihm mit einem Fingerzeichen, daß er es mitgekriegt hatte.

»Mein Detektiv reiste hier nach New Orleans und forstete Einstellungsunterlagen von bald zwanzig Jahren durch. Er fand heraus, daß Cherry der Künstlername einer Margaret Svenson war. Das war wieder eine Sackgasse, weil wir keine Margaret Svenson fanden, zu der Alter und Beschreibung paßten.«

»Aber davon ließen *Sie* sich nicht aufhalten!« Ganz das verzückte Dummchen, sprach ich mein Verslein.

»Ums Verrecken nicht«, protzte Rudd. »Ich ließ meinen Schnüffler nur jeden Mann und jede Frau im Kiez befragen. Er sprach sogar mit den Hot Dog-Verkäufern. Bis er schließlich ein paar Ortsansässige fand, die vor zwanzig Jahren hier gearbeitet hatten. Ein Türsteher erinnerte sich an eine Cherry, die ausgestiegen, zur Uni gegangen und schlußendlich einen von diesen vornehmen Fortiers geheiratet hat.« Er schnipste mit den Fingern. »Ende der Spur. Da hatten wir also eine Strip-

perin, die urplötzlich zu einigem Geld gekommen war und sich Bildung, Eigentum und Status erworben hatte.« Er beugte sich über den Tisch, so daß sein Bart ihn fast berührte, und starrte mir in die Augen. »Mit meinem Geld.«
Ich rührte mich nicht. »Moralisch gesehen Uncle Sams Geld. Ich erinnere mich vage an Armeeausrüstungen, die zum schwarzen Markt umgeleitet wurden.«
»Das war freies Unternehmertum.« Rudd setzte sich wieder aufrecht hin, er hatte schließlich auch seinen Stolz. »Le Blanc sprach Französisch und etwas Vietnamesisch. Er stellte die Kontakte her. Savitch kannte alle möglichen Straßentricks und türkte die Rechnungen. McMurtry war der beste Hubschrauberpilot, den ich je erlebt habe. Er ging im Dunkeln an einem Berghang runter und brachte uns wieder raus, bevor selbst die Vögel mitkriegten, was los war.«
»Und was war Ihre Rolle bei dem ganzen?«
Er grinste. »Einheimisches Personal umpusten, damit es uns nicht verraten konnte.«
»Keine Schuldgefühle.«
»Nein, verdammt noch mal.« Er schlug auf den Tisch. »Nichts weiter als Schießbudenfiguren.«
»Aber die Veteranen, mit denen Sie arbeiten, empfinden etwas anderes.«
»Das sind die ewigen Verlierer! Deshalb.« Sein frisches Bier kam, er trank es halb aus und wischte sich den Bart mit dem Ärmel ab. »Ich habe ein volles Programm: große Pläne. Diese abgefuckten Veteranengruppen sind nur das Startloch.«
»Sie hatten also immer nur die Absicht, das Wohlergehen des Veteranen Philip Rudd zu befördern.«
»Sie sollten bei Gelegenheit mal Darwin lesen.« Er rülpste. »Wissen Sie, was ›Charisma‹ ist?«
»Mars in Konjunktion zu Venus, Macht und Charme.«
Rudd warf sich in die Brust. »Gut, *ich* hab's.«

»Toll.«

»Ich wußte, daß es mich ganz nach oben bringen würde, an wirkliche politische Macht. Aber sehen Sie, ich mußte mich mit einem Trick verkaufen. Als ich nach Hause kam, waren die zwei Jahre im Kriegsgefangenenlager das einzige, mit dem ich etwas anfangen konnte. Aber die Öffentlichkeit war es garantiert über kurz oder lang leid, darüber Tränen zu vergießen. Deshalb habe ich mich auf die Chose mit dem posttraumatischen Streß-Syndrom geworfen.«

»Sie sind ja herzerfrischend offen.«

Er räusperte sich. »Um Gottes willen, *Ihnen* kann ich das erzählen. Sie haben mehr zu verbergen als ich. Einerlei, es funktioniert. ›Geraldo‹ habe ich schon gemacht.«

»Ich war beeindruckt.«

»Mein nächster Schritt ist ein Wahlamt. Und dafür brauche ich eine volle Kriegsschatulle. Und Sie, Cherry, Mrs. Julian Fortier ... Sie werden meine Kampagne finanzieren.«

(Langer Anlauf, Volltreffer.)

»Was für eine Art von Finanzierung.«

»Fünfhunderttausend Dollar, und wir sind quitt.«

»Ach, du lieber Vater!«

Ich machte eine Schau daraus, Haltung zu bewahren. »Ihr ursprünglicher Anteil, wie Sie mir erzählt haben, war ein Viertel von achtzigtausend.«

»Das war in Dollars von 1970.« Er malte mit dem Finger Dollarzeichen auf den Tisch. »Plus Zinsen. Plus dem Nachrichtenwert Ihrer Position. Ganz zu schweigen davon, daß es bei Mord keine Verjährung gibt.«

Ich bedachte ihn mit meinem besten Kleinmädchenblick. »Grundgütiger. Sie glauben doch nicht, daß jemand Beweise finden könnte, die *mich* überführen?«

»Vielleicht nicht genug Beweise. Aber angenommen, ich präsentiere, was ich habe?«

Meine Unterlippe zitterte. »Der Betrag ist unmöglich. Ich bin bloß Zeitungskolumnistin. Wie in Gottes Namen komme ich an soviel Geld?«
»Was Sie nicht sagen. Ich habe herausgefunden, daß Sie auf dem Papier fast eine Million wert sind.«
»Aber nicht doch.«
Er zwinkerte schlau. »Sie sind schon lange mein Hobby, Cherry. Ich habe sogar einen Hacker angeheuert, der in ihr Aktiendepot gegangen ist. An der Börse müssen Sie ein paarmal gut geraten haben.«
Unterm Fuchspelz zuckte ich mit den Schultern und schaute ihn kokett an. »Cherry« würde doch jetzt nicht aus der Rolle fallen.
»Es heißt immer, daß ich hellsehen kann.«

27

San Francisco, Juli 1970

»Als ich vor drei Jahren hier war, hieß es ›Sommer der Liebe‹. Die Hashbury-Szene war voll im Gange.«
»Was du nicht sagst.«
Savitch und ich wanderten Hand in Hand durch Haight Ashbury, weil ich immer meine, das ist die einzig natürliche Art, mit einem Mann spazieren zu gehen, und ihm war es einerlei.
»Die Diggers hatten ihren freien Laden an der Ecke da.« Ich zeigte hin. »Und ich habe direkt gegenüber auf der Straße gearbeitet, Poster und Wasserpfeifen verkauft. Die sagenhaften Leute mit Blumen im Haar liefen im ganzen Viertel rum, hoben selig lächelnd bei

Love-ins und Be-ins ab und zogen an jeder Ecke die Peter, Paul and Mary-Nummer ab. Guck mal, über der Wäscherei da bin ich zu einem T'ai Chi-Kurs gegangen.«

»Ist ja toll.«

»Jeder abgebrannte Spinner konnte Shit und Acid und sogar Essen, einen Platz zum Pennen und ein bißchen Kleingeld schlauchen... Betteln war ein einträgliches Geschäft.«

»Vor drei Jahren waren die Zeiten besser.« Savitch blieb stehen und ließ meine Hand los, weil er sich eine Zigarette anzünden wollte. »LBJ ließ Geld drucken, damit er den Krieg bezahlen konnte.« Ich sah einen Zeitungskasten mit *Chronicles* gegen Münzeinwurf. Die sahen völlig fehl am Platze aus. Für unsere Generation war der *Berkeley Barb* der Generalanzeiger.

Siebenundsechzig war für alle genug da. Ausbildung war in Kalifornien gratis, und alle kriegten Schecks von Mom drüben an der Ostküste.

Ich drehte mich um. »Da hinten im Park gab es Freikonzerte. Ich habe Moby Grape gesehen, Jefferson Airplane, Janis Joplin ...«

Die großen Headshops in Ashbury waren noch in Betrieb, aber die Freakszene brannte aus. Gouverneur Reagan hatte die kostenlose Uni gestrichen. Die Hippies, die noch gesund waren, hatten entweder das Geld für ihre Ausbildung zusammengekratzt oder sich einziehen lassen. Die Übriggebliebenen verdämmerten ihre Tage in Türeingängen. Keiner schenkte einem mehr Blumen. Wenn man welche wollte, mußte man sie kaufen.

Brigitte Bailey aus San Francisco hätte in einem Haus im Kolonialstil oben auf einem Hügel in der 18th Avenue wohnen sollen. Denkste. Und angeblich arbeitete sie im Anchor auf dem Broadway. Das mußte ich her-

ausfinden. Um drei Uhr nachmittags an unserem Ankunftstag. Das Sonnenlicht wurde von den breiten Bürgersteigen auf dem Broadway reflektiert und war so hell, daß ich selbst mit meiner Foster Grants-Sonnenbrille Kopfschmerzen kriegte.
North Beach hatte sich in den drei Jahren nicht verändert, aber der Rest der Welt. Shows wie die von Carol Doda, die einem damals furchtbar pornographisch vorkamen, sind jetzt nur noch anzüglich. Alle hier im Kiez arbeiten oben-ohne: Tänzerinnen, Bardamen, die weiblichen Croupiers, sogar die Mädels, die Schuhe putzen. Es würde mich gar nicht überraschen, in einer Imbißbude die Frau an der Friteuse mit nackten Titten anzutreffen.
Die Tagesschichtkellnerin im Anchor hatte bestimmt lockere Größe hundert und C-Körbchen, ihre Tattoos waren so groß wie Untertassen. Aber als ich hineinging, war sie sehr nett und lächelte mich an wie von gleich zu gleich.
»Ich weiß, daß sie abends noch Mädchen brauchen. Ich rufe mal Ben, den Manager.«
Ben der Manager wollte, glaube ich, so aussehen wie Tom Jones, bevor der sich die Nase richten ließ. Aber seine engen Jeans hatten nichts zu verbergen. Ein sabbernder kleiner Fiesling.
»Wenn du hier arbeiten willst, muß ich dich oben-ohne sehen.« Er trug ein Blumenhemd und einen breiten Schlips im Carnaby-Stil. Das nützte aber auch nichts. »Nur so stell ich ein.«
»Oben ohne?«
Mein Herz rutschte eine Etage tiefer. Gütiger Gott, sie hielten keiner Prüfung stand. Sie sind nur mitleiderregende Größe fünfundsiebzig A. Wer würde was zahlen, um die zu sehen?
»Wir gehen rauf in mein Büro.« Ben der Manager zeigte auf die Treppen.

Ich hätte dem Ekelpaket gern gesagt, er solle sich seinen Job sonstwohin stecken. Aber damit konnte ich ja wohl nicht zu Savitch zurückgehen. Lieber eine kleine Demütigung als Savitchs Wohltaten, die er mir bestimmt angedeihen ließ, wenn ich nicht wenigstens versuchte, weiterzukommen.

Ich folgte Bens flachem Hintern die Treppen hoch zu seinem Büro, zog mein T-Shirt über den Kopf, hakte meinen BH auf und ließ ihn fallen, ohne auch nur zu warten, daß er die Tür schloß. Es war sowieso niemand in der Nähe, der widerwärtiger als er hätte sein können. Ich sah auf den falschen Goldbarren, der auf seinem Schreibtisch als Papierbeschwerer fungierte, anstatt in seine kleinen Rattenaugen, die mich von Kopf bis Fuß musterten. Ich schaute ihn auch dann nicht an, als er seufzte, als sei ich die schlimmste Enttäuschung seines Lebens.

»Hm, hm. Wir *haben* zu wenig Mädchen. Netzstrumpfhose, Pumps und Tattoos hast du?«

»Ja.« Ich zog mein T-Shirt an, jetzt durfte ich wieder ganz das anständige Mädchen sein.

»Sei um halb acht hier und bring Wechselgeld mit. Mindestens zwanzig Dollar.«

»Wofür das?«

»Du zahlst dem Barmann die Drinks, wenn du sie holst, und kassierst sie dann vom Gast.« Er fletschte seine Jacketkronen, als sei der Deal zu meinem eigenen Vorteil.

»Was, wenn der Gast die Zeche prellt?«

»Du siehst zu, daß er das nicht tut.«

Zurück zum Jack Tar Hotel auf der Van Ness nahm ich ein Taxi. Unsere Tür war schon einen Spaltbreit offen, da brauchte ich nicht nach dem Schlüssel zu wühlen. Im Zimmer war es schummrig; das einzige Licht kam durchs Fenster. Auf der anderen Straßenseite war eine

Neonreklame mit gelbem Cocktailglas und rotem Stohhalm, an dem es perlte.
Man sah Savitchs Umrisse vor dem leuchtenden Neonschild. Er war einen Moment lang totenstill, dann führte er die Zigarette an die Lippen, und das Ende glühte rot auf.
»Und?«
Ich machte das Licht nicht an.
»Hm, ich hab siebenundvierzig Mäuse verdient. Und ein Päckchen Salem. Ein Typ hat mir Zigaretten aus dem Automaten angeboten, die habe ich natürlich genommen.«
»Laß rüberwachsen. Meine sind fast alle.«
Ich warf die Schachtel, er fing sie mit einer Hand auf, und ich fiel rücklings aufs Bett. Meine Füße schmerzten nicht mehr, sie waren taub. Nachdem ich Schuhe und Strümpfe ausgezogen hatte, blieben die Zehen spitz zusammengeklebt, und ich mußte sie vorsichtig auseinanderfutzeln, damit sie nicht abbrachen wie Eiszapfen. Die Netzstrumpfhose hatte so tiefe Romben ins Fleisch geschnitten, daß ich dachte, das Muster bliebe für immer drin.
»Die anderen Kellnerinnen kennen zwei Showgirls, die Brigitte heißen.« Ich kniff mir in die Zehen, damit das Blut wieder reinfloß. »Eine hat eine Show im Condor, die andere ist Go-go-Tänzerin in einem Schuppen mit Namen Ritz.«
Er nahm einen tiefen Zug und blies den Rauch aus.
»Das Condor wird hier als ziemlicher Klasseschuppen gehandelt. Ne Spur zu nobel für eine von McMurtrys Bräuten. Ich versuch's erst bei dem anderen.«
»Alles klar!« sagte ich, als ob es mich interessierte. Es interessierte mich keinen Deut.
»Jetzt zieh die Klamotten aus. Ich hab hier was für dich gebastelt, das dich davon abhält, mich zu ärgern.«
Ich hatte kaum was an, und das Ausziehen dauerte

nicht lange. Ich sah, wie er einen Draht und drei kurze Stangen aus seiner Tasche holte und sie zusammenschraubte. Ich war eher neugierig, als daß ich Angst hatte. »Was ist das?«
»Das ist ein ganz besonderer Block. Damit haben wir in Vietnam die lebend gefangene Beute in Schach gehalten.« Er grinste süffisant. »Sehr human. Hier, probier's an.«
Ich ging zu ihm, damit er nicht zu mir kommen mußte. Ich mußte mich bücken, damit er das Gerät um meine Schultern befestigen konnte.
Die drei Holzstangen bildeten einen Rahmen, die eine verlief über meinen Rücken und die beiden anderen gingen von den Schultern zu meinen Handgelenken, an der Spitze war eine Schraube mit Öse, eine Ringschraube. Ein etwa ein Meter zwanzig langer Draht war von einer zur anderen gespannt und hing locker runter.
»Das Schlitzauge konnte laufen«, Savitch verteilte das Gewicht des Geräts gleichmäßig zwischen meinen Schultern, »aber wir mußten uns keine Sorgen machen, daß er die Arme in irgendeiner für uns bedrohlichen Weise gebrauchte. Gib mir erst deine Hand. Wir sicherten ihn so.« Er zog das eine Ende des Drahts noch einmal durch die Öse und knotete es um mein rechtes Handgelenk, machte dann eine Schlinge um meinen Hals und zog den Draht durch die andere Öse und wickelte ihn um mein linkes Handgelenk.
Wo der Draht um meine Handgelenke ging, war er mit Tesafilm umklebt, so daß es nicht weh tat. Nur der Mittelteil um meinen Hals war nicht umklebt.
»Solange du die Hände still hältst, ist der Draht locker, siehst du? Aber wenn du fickrig wirst... Hm...« Er klopfte mir auf die Schulter. »Das ist Klavierdraht. Der würde dich mehr als ersticken.«
Ich versuchte, meine Arme zwei, drei Zentimeter weiter auszustrecken, und spürte, wie sich der Draht

spannte. »Der würde mir einfach den Hals durchschneiden.«
»Fürchte, ja, Baby. Also, sei artig, alles klar?«
Ich lag auf dem Rücken mit dem Kissen unter dem Kopf, da war der Block nicht zu unbequem. Er sorgte nur dafür, daß meine Arme Savitch nicht im Weg waren, damit er mich benutzen konnte, wie er wollte, ohne gestört zu werden.
Ich schloß die Augen und versuchte, seine Hände nicht zu spüren.
»Wenn du es so haßt, daß man sich bewegt, meint man ja, würdest du lieber mit Toten schlafen.«
»Die bleiben nicht lang genug warm.«

Als ich aufwachte, war es Nachmittag und Savitch weg. Ich warf mich in T-Shirt, Schlaghosen und Espadrillos und ging zum Lunch in den Hippo.
Allein mit meinem Hippoburger und ohne was zu lesen, belauschte ich zwei Hippies am Nachbartisch. Sie grübelten über einem Handbuch für Kriegsdienstverweigerer, quatschten über ihre niedrigen Losnummern für die Einberufung und Freunde, die nach Kanada abgehauen waren.
Damals war der meistgebrauchte Slogan: »Stell dir vor, es ist Krieg und keiner geht hin«, und hier waren wenigstens zwei Typen, die die Einladung ablehnten. Ich wünschte, Dennis hätte das auch getan.
Als Savitch zurück ins Hotelzimmer kam, war es beinahe acht. Die Incredible String Band spielte, und ich machte meine Übungen: nach rechts vorstoßen, nach links zurückstoßen, zwei Drehungen so herum, eine Drehung anders herum.
»Was soll die ganze Action?«
»T'ai Chi.« Ich winkte ihm mit dem Schal zu. »Das machen die Chinesen jeden Morgen zum Aufwärmen. Es stimmt sie auf das Universum ein.«

»Du siehst aus, als ob du dir in Zeitlupe eine Fliege vom Kopf verscheuchst.«
»Das hier heißt ›der Vogel‹.« Ich demonstrierte die Figur, drehte eine Pirouette und wedelte mir mit dem Schal vor dem Gesicht herum. »Es ist so ähnlich wie Judo, aber du brauchst viel mehr Körperbeherrschung, um es langsam zu machen. Komm, ich zeige dir eine Übung.«
Savitch lachte, als müßte er sich den Hals freihusten. »Nicht um's Verrecken.«
Vom Verrecken war keine Rede.
Er hatte eine Supermarkttüte dabei. Als er sie umdrehte und eine Tarnjacke rausfiel, entschied ich mich einfach dafür, zu glauben, daß er sie entweder von Brigitte Bailey gekauft oder gestohlen hatte. Ich wollte keine Einzelheiten. Wenigstens würde er mich nicht zurück in den Anchor schicken.
Ich machte einen auf entspannt.
»Was dagegen, wenn ich Ed Sullivan gucke?«
Savitch hatte sein Klappmesser wieder draußen und schnitt ein daumengroßes Loch in den Rücken. Da langte er hinein, riß das ganze Futter auf einmal heraus und schüttelte. »Scheiße!«
»Tiny Tim ist Studiogast.«

28

New York City, Juli 1970

Diesmal hatte Savitch uns einen schnittigen weißen Pontiac Firebird mit Lammfellbezügen und Stereolautsprechern hinten gemietet. Er hielt an der Ecke Achte und Zweiundvierzigste an und langte vor mir her, um mir die Tür aufzumachen. »Viel Glück bei deinem Einstellungsgespräch.«

»Und was machst du?« Neugier bringt die Katze um, aber ich frage immer automatisch, ich kann nicht anders.

»Heute ist Mittwoch, stimmt's?«

»Ja.«

»Dann fahre ich doch glatt ins Hotel zurück und ziehe mir die ›Beverly Hillbillies‹ rein.«

Wer dumm fragt ...

Der Manager in Angie's Lounge hatte eine rote Trinkernase und Büschel roter Haare über den Ohren. Wenn man ihn in was schwarz-weiß Gestreiftes stecken würde, wäre er der perfekte Zirkusclown, nur, daß er sprach, statt zu tröten. Er saß vor einem kleinen Ventilator, der auf seinen Nacken gerichtet war, schwitzte aber trotzdem wie Sau.

»Hier ist jede Menge Kohle zu machen«, versicherte er mir. »Manche von unseren Mädchen nehmen dreihundert die Woche mit nach Hause.«

Aber nur wenn sie die Gäste beklauen oder im Lokus ne Nummer durchziehen. Das sagte ich nicht. Ich lächelte nur. »Wunderbar! Ich bin eine richtig gute Bardame.«

Er wischte sich die Stirn mit einem schon feuchten Taschentuch ab.

»Du arbeitest hauptsächlich auf der anderen Seite des Tresens und redest mit den Gästen. Manche wollen dir vielleicht einen Drink ausgeben.«

»Oh, die Freier bezahlen fürs Reden und Trinken?«

Die Frage schien ihn in tödliche Verlegenheit zu stürzen. »Nein, nein. Das ist illegal.«

»Du meinst, ich soll sie zum Trinken animieren, behalte aber nichts von der Kohle?«

»Hm ... im Grunde, ja.«

Ich lächelte freundlich. »Klingt großartig.«
Um Geld ging's ja eh nicht.
Er war erleichtert. »Gut. Die Nachtshow fängt in zwanzig Minuten an.«
»Alles klar. Hat hier irgendwo noch ein Eisenwarenladen auf?«
»Nöh. Da müßtest du schon in die Vierundvierzigste gehn.«

Der Eisenwarentyp war vermutlich der einzige Protestant zwischen Harlem und dem Battery Park, der arbeitete. Er trug sogar ein kariertes Hemd. Er war nett und hilfsbereit.
»Wenn Sie eine Ringschraube einer bestimmten Größe brauchen, hätten Sie ein Muster mitbringen sollen.«
»Konnte ich nicht. Aber die da sehen richtig aus.«
»Alles klärchen.« Er lächelte. »Das kostet Sie ganze siebenundzwanzig Cents.«
Ich lächelte zurück und schob die Brust raus, um meine bescheidene Ausstattung besser zur Geltung zu bringen, während ich das Geld abzählte. Dann zeigte ich ganz lieb auf eine Werkbank.
»Könnte ich die wohl mal eine Minute lang benutzen?«
»Aber klar doch. So ne hübsche Dame wie Sie.«
Ich spendierte noch ein Lächeln und klimperte mit den falschen Wimpern.
»Und könnten Sie mir eine flache Feile leihen?«

Ich bin an jedem Tresen in jeder Stadt zu Hause. Von da, wo ich stehe, sind sie alle gleich. Das Spülbecken vor mir, der Spiegel hinter mir, der Zapfhahn, wie er sich angenehm in der Hand anfühlt. Die Drinks mixe ich aus dem Effeff, an einem Abend mit viel Betrieb einen Whiskey sour mit dem dazugehörigen Mist in zwanzig Sekunden. Ich kann einen Meßbecher bis *über* den Rand füllen, so daß nur die Oberflächenspannung

den Schnaps vorm Überfließen bewahrt, und ihn dann in ein Highballglas kippen, ohne einen Tropfen zu verschütten. Das ist gut für die Trinkgelder.
Über das Becken gebeugt, drehte ich zwei Gläser zur gleichen Zeit auf den Bürsten, dann aus der warmen Seifenlauge in das klare Spülwasser, dann auf das frische Geschirrtuch zum Abtrocknen. Ich wollte den andern Mädchen demonstrieren, daß ich bereit war, mir für sie den Arsch aufzureißen.
Die erste Barschlampe und Tänzerin Joy war mit Absätzen fast einsachtzig groß, hatte schwere Knochen, breite Schultern und große Titten, die über ihren grünen Fischschuppen-BH quollen. Ihre Perücke war auch grün, sie trat als Meerjungfrau auf.
»Toll, Cherry. Holst du uns jetzt noch Eis? Bei dem Wetter schmilzt es so schnell.«
»Klare Sache, gib mir den Eimer.«
Ein puertorikanisches Mädchen namens Myrna arbeitete von einem Barhocker aus, weil sie ein bißchen zu schwanger war, um zu tanzen. Ihre Lockenperücke war rot.
»Mein Freund hat mich angebumst und sich dann in Vietnam abschießen lassen«, erklärte sie mir und ihrem Bauch.
Ich schaute sie mitfühlend an. »Das ist ja schrecklich.«
Neun von zehn Huren, die sich anbumsen lassen, behaupten, der Vater des Kindes sei in Vietnam gefallen. Außenstehenden gegenüber. Nach etwas längerer Bekanntschaft erzählte Myrna mir, wo der Bursche in Wirklichkeit war. Total zugedröhnt wartete er auf einer Matratze in irgendeinem Loft downtown darauf, daß Myrna die Kohle ablieferte, damit er sich neuen Stoff beschaffen konnte.
Ich zapfte mir eine Cola, eine potente Mischung, sogar stärker als die in den kleinen Flaschen. Ein Schuß davon gab mir die Energie, in den Käfig zu krauchen und

einen echt hinreißenden Hitchhiker zu »Woolly Bully« hinzulegen, obwohl nur sechs Gäste da waren und vier davon immer einpennten.

Als ich runtersprang, war ich glitschig von Schweiß, sogar die Haare an meiner Perücke hinten waren naß und salzig. Die anderen Mädchen und zwei wache Gäste klatschten.

»Du tanzt wirklich gut«, sagte Joy. »Ich wette, du könntest sogar in einem Klasseschuppen wie dem Cheetah arbeiten. Warum bist du hierhergekommen?«

»Eine Freundin hat mir erzählt, das hier wäre ein ziemlich guter Laden, wo ich ein bißchen Kies machen könnte.«

»Nichts Weltbewegendes. Aber mehr, als du bei Gimbel's als Verkäuferin verdienst«, räumte Myrna ein.

Joy zupfte an ihrem BH. »Wie heißt deine Freundin?«

»Kennst du Maria Spiotti?«

Die Mädchen wechselten einen Blick, und dann sagte Joy: »Meinst du Mimi? Die hat sich für ein paar Tage verpißt.«

»Ach Scheiße, wohin denn?«

Myrna streichelte ihren Bauch. »Ihre Schwester in Pennsylvania hat gerade ein Baby gekriegt.«

»Weißt du, in welcher Stadt?«

Sie schüttelten beide die Perücken.

»Nein, nur Pennsie«, sagte Joy. »Aber sie kommt sowieso bald wieder angedüst.«

»Aber immer«, pflichtete ihr Myrna bei. »In dem Kaff kriegt die doch die Krätze.«

Ich rockte mir im Käfig zu Iron Butterfly einen ab, da kam ein fetter Typ rein. Zuallererst fiel mir auf, daß das Fleisch an seinem kleinen Finger zu beiden Seiten eines Drei-Karat-Diamantrings rausquoll. Wenn er Knete brauchte, konnte er ihn nicht mal versetzen, weil er ihn nicht abkriegte. Aber als er seinen Kognak bezahlte und einen Stoß Scheine rauszog, der dicker als seine Faust war, schnallte ich, daß er garantiert nicht knapp bei Kasse war.

Nachdem ich zu »Hey, Jude« getanzt hatte, chachate ich dahin, wo der feine Herr mir mit einem Zwanzig-Dollar-Schein winkte.

»Was für dein Tittensparschwein?« Er beäugte mein trügerisches Dekolleté und atmete schwer.

Ich schaute Joy an, und sie nickte.

»Alles klar. Hap ist in Ordnung.«

Da lehnte ich mich über den Tresen, und Hap stopfte mir den Zwanziger zwischen die Titten und brauchte dazu so lange, wie er sich traute und bis er wußte, daß er sicher drin verwahrt war. Mir war's egal. Wenn ich in der Klemme war, habe ich für weniger als einen Zwanziger eine Nummer geschoben.

Als Hap, um einen Batzen Geld erleichtert, in einem Kußhagel gegangen war, kamen ein paar Sittenschnecken, die wie Menschen angezogen waren, und fragten mich, ob ich hinterher noch ein bißchen Zeit hätte.

Gute Güte, nein, flötete ich. Ich sei glücklich verheiratet und arbeite hier nur, um meinen geliebten Gatten durch das Jurastudium an der Fordham zu bringen. Da drehten sie sich um und krochen auf ihrer eigenen Schleimspur wieder raus.

Myrna war die Barschönheit. Zwei Typen, offenbar Stammgäste, setzten sich neben sie und ließen abwechselnd zwanzig Dollar-Champagner fließen. Sie stritten sich, ob sie einen Jungen oder ein Mädchen kriegte, und boten ihr Geld, wenn sie das Kind nach ihnen nannte. Von wegen, sagte sie. Um »Murray Abner« in Geld aufzuwiegen, müßten sie mehr hinblättern, als sie in ihrem ganzen Leben verdienen würden.

Um vier Uhr, der gesetzlichen Sperrstunde, schlossen wir die Tür, machten die Deckenbeleuchtung an und

zählten das Geld. Wir hatten die Trinkgelder schon den ganzen Abend zusammengeschmissen, und als die Mädchen den Pot aufteilten, waren auf meinem Haufen mindestens dreißig Dollar mehr, als ich meiner Erinnerung nach reingetan hatte. Ich schob sie über den Tresen.
»Ich will nichts, was mir nicht zusteht.«
Myrna schob sie mir zurück. »So hübsch, wie du bist, tust du im Handumdrehen mehr als deinen Anteil rein.«
Hübsch?
Joy nickte. »Und so, wie du tanzt. Das sehen wir doch. Steck's ein.«
Statt also lange rumzustehen und mich zu streiten, nahm ich das Geld an, steckte mir fünf für ein Taxi in die Tasche, versteckte zehn in meiner Puderdose und den Rest im Taschenfutter.
Auf dem Heimweg ging ich in einem Buchladen für Erwachsene vorbei, um ein bißchen zu schmökern. Der Kassierer thronte auf einem Hocker an einer hohen Theke, damit er alles im Blick hatte.
(Keine Wichserei in den Gängen, bitte.)
Das Regal mit den Schwänzen turnte mich nicht an. Mittlerweile habe ich die Prachtstücke in ungefähr allen Variationen erlebt. Aber eigentlich will ich den Schwanz eines Typen erst sehen, wenn ich auch den Rest von ihm mag.
Ich ging zu dem Fesselregal, da Savitch sich ja für den Kram zu interessieren schien, und kaufte ihm »Nackt in Knoten«, leichte Lektüre. Auf allen Seiten Vierfarb-Hochglanzfotos von Mädchen, die in jedweder Position, die der menschliche Körper einnehmen kann, gefesselt waren. Der Spaß kostete mich fünf Mäuse.
Als ich zurück ins Hotelzimmer kam, war Savitch nicht da. Das nahm ich mit gemischten Gefühlen zur Kenntnis: besorgt, was zum Teufel er gerade trieb, und froh,

daß er es zum Teufel nicht mit mir trieb. Ich zog die 10-cm-Pumps von meinen elend schmerzenden Füßen und legte mich genüßlich in das heißeste Bad, das das Etablissement mir zugestand. Als ich wieder trocken war, war mein Zimmerkollege immer noch nicht zurück, deshalb benutzte ich eines seiner T-Shirts als Nachthemd, fiel ins Bett und schlief wie ein Bär. Ich hörte ihn nicht zurückkommen.

29

New York City, Juli 1970

Als ich am nächsten Tag um zwölf aufwachte, stand mein Frühstück auf der Kommode: eine Cola und zwei Brownies aus der Royal Bakery.

Savitch saß am offenen Fenster und rauchte. Er schnippste die brennende Kippe übers Fenstersims.

»Und?«

»Hä?« Den Brownies zuliebe quälte ich mich aus dem Bett. »Ach so, du willst was über Maria Spiotti wissen?«

»Nein, ich will wissen, ob du heute nacht schön geträumt hast.«

»Sie ist bei ihrer Schwester in Pennsylvania. Keiner weiß, wo.« Ich hebelte mit meinem Dosenöffner die Cola auf.

»Wann kommt sie zurück?«

Nicht »Kommt sie zurück?«, sondern »Wann kommt sie zurück?«. Mit einer Lüge konnte ich nicht entschlüpfen.

»In ein paar Tagen vielleicht. Sie wissen es nicht genau.« Das Brownie war köstlich.
Savitch zerdrückte noch eine Kippe. »Immerhin etwas.«
»Ich hab was für dich.« Ich zog das Pornoheft aus der Tasche und legte es vor ihn auf die Heizung. Er sah mit halbem Auge hin.
»Was ist das für ein Scheiß?«
»Ich dachte, das gefällt dir.«
»›Nackt in Knoten‹? Warum? Seh ich aus wie ein Scheißpfadfinder?«
»Es ist ein Ventil.«
Er schnaubte verächtlich und ließ das Heft in den Papierkorb fallen.
»Ich brauche kein Ventil.«
Ich zog das Heft aus dem Papierkorb und studierte das Titelbild. Meistens normale Knoten, aber um die Knöchel des Mädchens war ein halber Stek, und der in ihrem Mund sah definitiv nach Pfahlstek aus, einem Schifferknoten, der sich nicht zusammenziehen läßt. Ich fragte mich, wie lange es dauerte, die ganzen Knoten zu knüpfen. Ich hoffte, sie war vorher zur Toilette gegangen.
Ich blätterte die Seiten durch und fragte: »So. Was jetzt?«
»So, du hast ja einen Job gefunden. Willkommen in Fun City.«

Als ich abends zu Angie's kam, steckten Joy, Myrna und ein Mädchen, das ich nicht kannte, am Ende des Tresens die Köpfe zusammen und tuschelten miteinander.
»Cherry?« Joy winkte mich hin. »Gidget hier sagt, gestern abend war ein Verrückter auf der Straße. Ein Mörder. Ein Mädchen, das unten im High Hat angeschafft hat, ist erstochen worden.«

Myrna hob den Kopf. »Aufgeschlitzt! Jack the Ripper, sagt Gidget.«
»Wahrscheinlich ihr Alter«, sagte ich.
»Das hab ich auch gesagt«, meinte Joy.
»Nein, nein.« Myrnas Kopf war dauernd in Bewegung, rauf, runter und zur Seite. »Ihr Typ, Terrance ist ein lieber, sanfter Bursche. Der würde nie so was machen. Außerdem sitzt er wegen Mord im Riker's.«
Plötzlich krampfte sich mein Magen zusammen. »Wie hieß das Mädchen?«
Wir sahen alle Gidget an. Sie zuckte die Achseln. »Ich kannte sie als Dawn. In der Daily News steht bestimmt ihr richtiger Name.«
»Vielleicht ...?« Ich konnte ja schlecht »Maria Spiotti« sagen, deshalb schüttelte ich nur den Kopf. »Vielleicht ist ein Drogendeal danebengegangen.«
Vielleicht ein Fall von Personenverwechslung.
Nein, so dumm war Savitch nicht. Und er mordete auch bestimmt nicht aus Spaß. Vielleicht wirklich ein Deal danebengegangen.
Ich nahm meine Antibabypillen raus und schluckte eine mit Cola runter. Die fünf Tage Pause sparte ich mir, damit mich Tante Rosa diesen Monat nicht heimsuchte.
Manche Männer werden richtig fies, wenn ein Mädchen ihre Periode hat, und machen gehässige Bemerkungen von wegen »die rote Fahne schwingen« oder »die glitschige Zeit im Monat«. Viele wollen eine Frau dann nicht mal ficken, sondern sie muß ihnen einen blasen. Ich hatte Angst, daß Savitch auch so einer war, und wollte kein Risiko eingehen.
Gegen ein Uhr, ich war auf der Bühne und tanzte zu »Delilah«, kam ein hünenhafter blonder G.I. in Arbeitsuniform rein. Er sah mich in der Sekunde, als ich ihn sah, und er war Dennis so ähnlich, daß ich die ganze Platte nur für ihn tanzte und die Beine ohne Rücksicht auf Verluste hochwarf. Er legte einen Fünf-

Dollar-Schein für sein Bier mit Whiskey auf den Tresen, und merkte nicht einmal oder machte sich nichts draus, daß er kein Geld zurückkriegte. Er hielt das Bier hoch, als prostete er mir zu, und beobachtete jede meiner Bewegungen.

Als ich von der Bühne ging, zog er einen Zehner raus und hielt ihn hoch.

»Wie wär's mit einem Drink für die hübsche Dame?«

»Warum nicht?«

Ich beugte mich tief über mein Glas Seven-up mit einem Spritzer Martini und saugte an dem Strohhalm. Damit der Bursche auch ordentlich was von meinem Dekolleté hatte. Er pfiff leise.

»Ganz schön Holz vor der Hütte.«

»Das gehört mir aber nicht alles.«

(Warum gab ich das zu, wenn ich nicht gedacht hätte, er würde eh die Wahrheit herausfinden und ich präparierte ihn wohl besser?)

Er erzählte, er heiße Bob Klausner und sei aus Indiana. Indiana ist wie Ohio. Genau.

Ich erzählte, ich hieße Cherry und sei aus New Orleans.

Er fragte, ob ich eine Schildkröte sei, und ich sagte, da könnte er seinen hübschen Arsch drauf verwetten.

Er erzählte, er sei in Vietnam gewesen und erst seit zwei Wochen entlassen.

Ich erzählte, mein Verlobter sei in Bien Hoa gefallen, und zeigte ihm meinen Ring.

Er erzählte, er habe gesehen, wie sein bester Freund in Stücke zerrissen worden sei, als er auf eine Claymoremine getreten habe.

Ich erzählte, ich hieße eigentlich Margaret und sei eigentlich aus New Jersey.

Bob Klausner ging das Geld nie aus und er wurde es auch nie leid, mir Drinks zu spendieren. Wir fütterten die Musikbox mit seinem ganzen Kleingeld und beschlossen, daß »Candida« »unser Lied« sei.

»Candida. We can make it together.
The further from him, girl, the better.
Where the air is fresh and clean.«

Das hatte ich ausgesucht.
Bob erzählte mir, er sei als Polizeischüler bei der Staatspolizei von Indiana angenommen worden und na klar, wäre er stolz, ein so schickes Mädchen wie mich mit nach Hause zu bringen und vor den Leuten so richtig anzugeben. Die würden ihren Augen nicht trauen.
Seine beiden Eltern lebten noch. Sein Dad nahm ihn immer mit zum Barscheangeln. Seine Mom backte Buiskuitkekse, so leicht, daß sie schwebten. Und wenn er mich mit nach Hause brächte, würden sie mich wie verrückt lieben.
In den frühen Morgenstunden war das »wenn« (... er mich mit nach Hause *nähme)* zum »wann« (... er mich mit nach Hause *nahm)* geworden.
Ich war wieder jung. Zumindest acht Monate jünger. Und ich verliebte mich noch einmal ganz von vorn in Dennis. In Dennis mit einem etwas anderen Gesicht.
Hand in Hand hätte ich mit Bob aus Indiana hier rausgehen und zu den Barschen und Buiskuitkeksen verschwinden können.
Mrs. Bob Klausner hatte eine wunderbare Zukunft und keine Vergangenheit.

Als die Bar um vier Uhr schloß, konnte ich es gar nicht abwarten, daß Joy die Kasse machte. Dank Bob hatte ich heute nacht mehr als meinen Anteil in den Pot gezahlt.
Myrna zwinkerte mir zu. »Er scheint sehr nett zu sein. Siehst du ihn noch mal?«
»Ich weiß, daß ich ihn noch mal sehe. Der fährt auf mich ab. Das Karma.«
Ich trottete die Achte entlang und schaute mich Rich-

tung downtown nach einem Taxi um, aber zu dieser Zeit war wenig Verkehr. Die Gegend wirkte gottverlassen. Ich stellte mich an den Randstein, um auf ein Taxi zu warten, und gab mich meinen Phantasien über Bob Klausner hin, da warf ich einen Blick auf die andere Straßenseite und sah Bob leibhaftig an einem Laternenpfahl lehnen. Er rief und winkte, und ich rannte zu ihm, obwohl mir die Füße nach acht Stunden Stehen in spitzen Stöckelschuhen gemein weh taten.

Er streckte mir beide Hände entgegen, küßte mich aber nicht. Was auch in Ordnung gewesen wäre. »Hast du gedacht, daß ich hier bin?«

»Still und heimlich gehofft.«

Ich legte meine Hand in seine große starke, um ohne eine Frage zu stellen, hinzugehen, wo auch er hinging. Einerlei, wohin. Aber Bob hatte schon eine Richtung im Kopf. Wir gingen die Dreiundvierzigste hoch, bogen in die Neunte ein und gingen und redeten und hielten Händchen, bis wir zu einem Ford-Cabrio, Baujahr 62, kamen, das an einer Ecke eine Delle hatte, die zwar verkittet, aber noch nicht neu gespritzt war.

»Das ist mein Auto.« Er hob eine Schulter. »Leider nichts Besonderes.«

»Der ist doch astrein«, sagte ich. »Nach Indiana würde der uns allemal bringen, was?«

»Aber klar doch.« Bob schloß mir die Tür auf und verbeugte sich, und ich schlüpfte hinein wie Aschenputtel in ihre Kutsche.

Als er um das Auto zur Fahrertür ging, lehnte ich mich auf der Sitzbank zurück. Sie war voller Flecken und nicht halb so bequem wie die Schalensitze in den Autos, in denen ich zuletzt gefahren war. Aber das war mir egal. Auf dem Boden lag eine Rolle Isolierband. Komisch. Ich rutschte rüber, um den Knopf auf der Fahrerseite hochzuziehen, damit Bob Klausner nicht den Schlüssel benutzen mußte. Er ließ sich hinter dem Steu-

er nieder, drehte dann das Fenster runter und steckte den Kopf raus, um die Straße einmal hoch- und hinunterzuschauen.
»Bereit?«
»Allzeit bereit. Jetzt bist du am Zug, Kumpel.«
»Gut. Eine Minute noch. Muß was rausholen.« Bob langte vor mir her und öffnete das Handschuhfach. Als er etwas herauszog, blitzte das Licht von der Straßenlampe auf Metall. Ein Jagdmesser mit Sägeschliff, der Griff war in ein indisches Baumwolltuch gehüllt. Er hielt es vor mich, grinste breit, und seine Augen leuchteten, man sah die Lider gar nicht mehr. »Das Spiel beginnt, Nutte.«
»Verdammte …« Automatisch langte ich nach dem Türgriff, fühlte aber nur das Loch, wo er sein mußte. »… Scheiße, was …?« Ich fummelte nach der Fensterkurbel. Noch ein Loch.
Bob beobachtete mich und lächelte mit offenem Mund. Ich konnte seine Zunge sehen. »Du brauchst gar nicht zu versuchen, mir zu entkommen, Nutte«, gluckste er. »Ich weiß, wie man's spielt, und ich hab noch nie verloren.« Die Rolle Isolierband war in seiner anderen Hand.
»He! Du kannst doch nicht …!«
»Schrei lieber nicht. Ich mag keinen Lärm.«
Das nächste Geräusch war sein Ächzen. Ein roter Ziegelstein war durchs Fenster und recht solide in Kontakt mit seinem Hinterkopf gekommen. Bob war zu benommen, um mit seinem Messer mehr als rumfuchteln zu können, als Savitch die Tür aufriß, ihn mit dem linken Arm in den Würgegriff nahm und ihm mit dem rechten einen Karateschlag auf die Hand mit dem Messer verpaßte. Er brüllte mich an: »Raus hier!«
Ich schlug auf die Löcher in der Tür. »Ich kann nicht!«
Jetzt hatte er das Messer. »Hinten raus, du blöde Votze!«
Ich warf mich herum und kletterte auf den Rücksitz,

öffnete aber nicht die Tür, um wegzurennen. Ich sah einfach nur zu, wie Savitch mit dem linken Arm Bobs Kinn hochzog und ihm die nackte Kehle durchschnitt. In gebührendem Abstand von dem Körper, damit er nicht mit Blut bespritzt wurde.

»Jetzt raus hier!«

Savitch wischte Messer und Türgriffe ab, legte den Arm um meine Schultern und schob mich in Richtung Achte. Er rannte fast, aber ich kam leicht mit, weil ich viel zu viel Angst hatte, als daß mir meine Füße jetzt noch weh taten.

»Verdammt noch mal, was hast du dir dabei gedacht?«

»Nichts.« Ich hatte die Antwort schon parat. »Er wollte mich zum Hotel bringen. Ich wollte das Geld für das Taxi sparen.«

»Quatsch!« Obwohl er so wütend war, sprach er mit zusammengebissenen Zähnen, und unsere Schritte waren immer noch lauter als seine Worte. »Ich hab gesehen, wie ihr hier raufgelaufen seid und Händchen gehalten habt wie ein bescheuertes Liebespaar.«

»Ich wollte nicht ...«

»Was hast du denn geglaubt? Daß du wieder mit McMurtry zusammen bist und die Hochzeitsglocken läuten?«

»Ja. Stimmt.« Ich war zu fertig, um mir auch nur noch eine einzige Lüge ausdenken zu können. »Ich wollte noch mal ganz von vorn anfangen.«

»Das geht nicht. Selbst wenn das Schwein nichts als die Wahrheit gesagt hätte.«

»Wie lange bist du mir gefolgt?«

»Von Anfang an.«

»Hattest du Angst, ich würde den Abgang machen?«

»Den hättest du eben ja beinah endgültig gemacht.« Savitch trieb mich immer weiter vorwärts, bis wir um die Ecke Dreiundvierzigste waren, hielt mich vor einem dunklen Türeingang an, zog mich rein und zündete sich

eine Zigarette an. »Kann dich irgend jemand mit diesem Liebeskaspar in Verbindung bringen?«
»Er ist früh gegangen. Aber keiner hat gesehen, daß ich ihn getroffen habe.«
»Gut für ihn. Solche Leichen liebe ich.«
»Gidget hat gesagt, daß gestern nacht so ein Verrückter ein Mädchen aus dem High Hat aufgeschlitzt hat. Das muß er gewesen sein.«
»Scheint sein Hobby zu sein.«
»Er hat mir versprochen, daß er mich mit nach Indiana nimmt.«
»Das Nummernschild am Auto war aus Delaware.«
»Echt? Manno! Ich wette, dann ist das mit den Keksen auch erstunken und erlogen.«

Diesmal mußte er mir nichts befehlen. Ich zog mich aus, legte mir den Block über die Schultern, den Draht um den Hals und ging dann zu Savitch, damit er ihn durch die Ösen zog und meine Handgelenke an die Bettpfosten band. Das tat er sorgfältiger als nötig.
Ich legte mich aufs Bett und wartete, während er sich die Jacke auszog.
»Jetzt bist du nett. Scheint ganz so, daß Bubi uns zusammengebracht hat.«
»Du hast mir das Leben gerettet«, sagte ich.
»Und dafür eins ausgepustet. Jetzt sind wir durch Blutsbande miteinander verbunden. Mächtiger und unauflöslicher, als wenn wir in deiner Kirche geheiratet hätten ...« Er legte die Zigarette auf den Aschenbecher neben dem Bett und zog sich die Hosen halb über die Oberschenkel.
Als er aufs Bett kam, sagte ich: »Du hast auch Dennis umgebracht, stimmt's?«
Er hielt inne, aber nur eine Sekunde lang.
»Nicht direkt. Le Blanc, das Arschloch von Übersetzer, hat zuviel Saft gegeben.«

»Saft?«
»Strom. Dein Junge wollte gerade reden, das wußte ich. Ein bißchen mehr Ermutigung, und er hätte gesungen wie ein Kanarienvogel.« Savitch legte sich zwischen meine Beine. »Aber Le Blanc hatte vergessen, daß er nicht zum Vergnügen da war, sondern um Informationen zu bekommen.«
Was Savitch tat, wirkte, aber ich gestattete mir nicht, es zu genießen.
»Also hat Le Blanc Dennis getötet.«
»Zur Unzeit. Deshalb rase ich jetzt durch das ganze Scheißland.«
»Wo ist Le Blanc jetzt?«
Er hob meine Beine über seine Schultern und stieß hart in mich.
»Tot.«
»Gut.«

30

New York City, Juli 1970

Als ich am nächsten Abend zur Arbeit kam, winkte Joy mich zum Tresen. »Hallo, Cherry!« Sie zeigte auf eine Brünette im Trikot, die mit dem Rücken zu mir saß.
»Guck mal, wer da ist! Deine Busenfreundin Mimi Spiotti.«
Maria Spiotti drehte sich auf dem Barhocker um und blickte natürlich überhaupt nicht durch.
Sie war auch nicht annähernd so hübsch wie ich, wenn auch besser in der Tittenabteilung. (Wer nicht?) Ihre

Augen standen zu weit auseinander, und sie war so behaart, daß sie überhaupt kein Trikot tragen sollte. Man sah ihr Schamhaar an den Beinen runterwachsen. (In New Orleans würde man sie zwingen, es zu rasieren.)
Ich sagte: »Hi!« und umarmte sie. »Toll, dich wiederzusehen!«
»Hä?«
Ich verließ mich darauf, daß sie irgendwelche Drogen nahm.
»Das war ne Party, wo wir uns kennengelernt haben. Was?«
»Eine Party?« Sie blinzelte und schüttelte den Kopf. »Wow, wohl wahr. Ich bin ja dauernd auf welchen.«
Auf LSD war dic. Damit war alles paletti.
Jetzt war Joy neugierig. »Was für eine Party? Im Village?«
Das schien risikolos zu sein. »Ja, im Village. Und Maria und ich waren ganz schön high. Stimmt's, Mädchen?«
Maria nickte. »Manchmal passiert mir das halt. Zuviel ... na, du weißt schon.«
»Da hast du mir doch erzählt, wie toll man hier arbeiten kann.«
»In dem Schuppen hier? Mann, ich muß far out gewesen sein.«
»Aber es war doch schön. He, du bist doch umgezogen. Wo pennst du denn zur Zeit?«
Ich hatte so schnell gefragt, daß sie keine Zeit hatte, sich gegen eine Antwort zu entscheiden, sondern einfach nur »Im Alton House« sagte.
»Riesig! Das ist ein irres Hotel, wenn man unten was kriegt.«
»Du sagst es! Aber ich bin hoch oben im beschissenen fünften Stock.«
»Da hast du aber auf jeden Fall eine schöne Aussicht.«
»Eine Scheißziegelsteinwand!«
Ich fragte meine »Busenfreundin« nach ihrer Schwester

in Pennsylvania und der neugeborenen kleinen Nichte und stimmte ihr aus vollem Herzen zu, daß die Gegend toll sei, um Kinder großzuziehen.

Ich trieb mich noch eine Stunde rum und entschuldigte mich dann mit: »Ich muß meinen Typen anrufen. Er soll mich abholen.«

Ich steckte meinen Dime rein, und Savitch nahm beim ersten Klingeln ab.

»Was gibt's?«

»Spiotti sagt, sie wohnt im Alton House. Fünfter Stock, nach hinten. Das ist alles.« Er legte auf und ich auch.

Ich schuldete Dennis' New Yorker Mädchen absolut nichts, aber ich wollte auch nicht, daß ihr was passierte. Eine Jacke zu verlieren würde sie nicht umbringen.

Als ich zurück ins Zimmer kam, fand ich wieder die zerfetzten grünbraunen Tarnstoffetzen auf dem Teppich. Außer dem Reißverschluß hatte Savitch keinen Teil der Jacke intakt gelassen.

»Keine Klunker.« Er saß auf der Bettkante, paffte seine Zigarette und grübelte über dem Haufen Schnipsel. »Keine Scheißklunker.«

»Tut mir leid, Kumpel.« Ich kniete mich hin und sammelte die Stücke ein. »Was machen wir jetzt?«

»Das weißt du doch. Wir haben noch einen Schuß. Boston.«

»John?« Ich legte ihm die Hand aufs Knie und schaute zu ihm hoch. »Wenn du die Diamanten von dem Mädchen in Boston kriegst, dann brauchst du mich nicht mehr.«

Er betrachtete den Reißverschluß, der aufgerollt dalag wie eine tote Schlange. »Und?«

»Was passiert dann?«

»Keine Bange.« Jetzt sah er mich an. »Ich kümmere mich schon um dich.«

31

New Orleans, Januar 1990

»Was ich Ihnen gesagt habe, entspricht der Wahrheit. Auf legalem Wege komme ich nicht an soviel Kies.«

Philip Rudds Brauen schoben sich in die Höhe. »Legal?«

»Sie haben einen Blick auf mein Depotkonto geworfen, also wissen Sie, daß ich einiges Geld verdient habe.«

Seine Zähne glitzerten. »Mehr als einiges.«

»Aber Sie wissen nicht, wie.«

Wir hatten den Bourbon Grill fast für uns allein. Der einzige andere Gast war der alte Sid Hurwitz, der hinten über einem Tisch hockte, Rippchen benagte und wie ein seniler Opa Barbecuesauce über sein Hemd kleckerte.

Früher gehörten Sid drei Clubs in der Straße, aber er mußte zwei verscherbeln, weil er sich aus einer Mordsache rauskaufen mußte. Seine Anwälte zögerten mit dem Argument, er habe ein schlechtes Herz und werde die Verhandlung nicht überstehen, den Prozeß unendlich hinaus. Als er aber nach gut fünf Jahren Hinhaltetaktik seine juristischen Vertreter nicht mit einem tödlichen Herzstillstand bediente, mußte er dann doch mal vor Gericht. Totschlag. Bewährung. Das kostete ihn fast sein gesamtes Bargeld, aber er verbrachte keinen einzigen Tag hinter Gittern.

Er tat mir nicht leid. Man kann einen unbewaffneten Mann nicht einfach erschießen und erwarten, daß einen das keinen Cent kostet. Besonders, wenn man sich so blöd dabei anstellt wie Sid.

»Ich muß Ihnen etwas im Vertrauen sagen«, flüsterte ich Rudd ins Ohr. »Ein Freund von mir arbeitet auf einem Frachter, der Ladung aus Mittelamerika bringt.«

»Aha.« Er grinste. War schon Feuer und Flamme.
»Wenn das Schiff hier anlegt, werden Bananenkisten für den Supermarkt entladen und eine Extrakiste für mich.«
»Kokain meinen Sie.«
»Oh nein, nur der Rohstoff. Meine Freundin Keesha Johnson hat ein Labor in ihrer Wohnung und verkocht es zu ...«
»Crack?«
»Bitte, sagen Sie das nicht so laut.« Ich schaute mich schuldbewußt um. »Sagen wir einfach, sie verarbeitet den Stoff zu etwas sehr, hm, sehr ›Benutzerfreundlichem‹.«
»Kapiert. Weiter.«
»Keesha vertreibt das Produkt über ein System von Verteilern. Das dauert ungefähr einen Monat. Dann gehe ich in ihre Wohnung, um meinen Anteil zu holen.«
»Wieviel?«
»Diesen Monat neunzigtausend.«
»Neunzig ...?« Dann schaute er aus dem Fenster, als sei er mitnichten beeindruckt.
»Sie können die Einkünfte eines ganzen Monats haben, wenn Sie versprechen, mich nicht noch einmal zu belästigen.«
»Hm ...« Er tat, als überlegte er. »Das ist eine Menge weniger, als ich erwartet habe. Aber ich gebe mich mit neunzigtausend zufrieden.«
Den Teufel würde er tun.

32

Connecticut, Juli 1970

»Willst du einen Frito?«
»Ich kann auch ohne leben.«
Ich schaufelte was von der Kraft-Zwiebelsauce auf, lehnte mich an das Armaturenbrett und hielt ihm den Maischip an die Lippen. Savitch machte den Mund auf, ich warf den Frito hinein. »Lecker, was? Identifizierst du dich eigentlich nicht mit ›Frito Bandito‹?«
»Nein.«
»Hm, er ist ein Outlaw, und du bist ein Outlaw, und ihr habt beide Knarren.« Schweigen. Also fütterte ich ihn weiter mit Chips und Dip, bis er die Lippen zusammenpreßte und den Kopf schüttelte. Dann aß ich die Tüte leer und schaute auf den Highway 84.
Die Fahrt war toll. Savitch hatte günstig einen schwarzen Ford Thunderbird mit roten Plüschbezügen und rundum Automatik gemietet.
»Jeder Highway sieht aus wie New Jersey«, sagte ich. Savitch berührte nur leicht den Schaltknüppel und ging auf fünfundsiebzig Meilen hoch. Er war mal wieder unkommunikativ. Aber ich war bereit und willens zum Dialog.
»Ich nehme an, du hast dich in Vietnam daran gewöhnt, Leute umzubringen.«
»Darum ging's ja wohl im großen und ganzen, oder?«
»Als du wiederkamst, hast du vielleicht vergessen, daß du es nicht mehr mußtest.«
»Manche Gewohnheiten legt man schwer ab.«
»Aber du könntest doch wenigstens lernen, zu differenzieren.«
Er schaute immer nur auf die Straße, mich sah er nicht an. »Was ein Sperrgebiet ist, weißt du?«

Wenn ich drauflos riet, redete ich bestimmt nur Unsinn, deshalb sagte ich einfach nein.
»Dort darf sich niemand aufhalten. Und wir dürfen auf alles schießen, was da kreucht und fleucht.«
»Auch auf Menschen?«
»Nein, nur auf Katzen, du dumme Pute. Natürlich, Menschen. Reisbauern. Die Jagd war eröffnet.«
Ich starrte auf das eintätowierte M mit dem Schwanz auf seiner Hand. »Unschuldige Bauern?«
»Wer wußte denn, ob sie unschuldig waren? Sie konnten immer Vietkong sein. Wenn ein Schlitzauge in einem Feld uns böse anschaute und mit der Mistgabel wedelte, pusteten wir ihn weg.«
»Aber wenn er doch gar nichts gemacht hat ...«
»An *dem* Tag nicht. Aber am nächsten? Wenn er antiamerikanische Ressentiments hatte, legte er seine gelben Pfoten vielleicht auf etwas Explosiveres als eine Mistgabel.«
»Das klingt nur nach einer Ausrede von einem, der einfach gern tötet.«
»Hab ich nicht.« Er schaute in den Rückspiegel und ging auf fünfundsechzig runter. »Ich hab ein paar Vietkong plattgemacht, weil es mein Job war. Ich habe nichts Besonderes dabei gefühlt. Aber wir hatten in der Crew einen Mann, Rudd, der ging ran wie ein Junge auf dem Schießstand. Der hatte noch was vor.«
»Was vor?«
»Rudd tönte immer rum, eines Tages wär er ein großer Mann, genau wie JFK. Aber zuerst mußte er ein Kriegsheld werden.«
»Wie in ›Torpedoboot 109‹?«
»Ein Boot hatte er nun mal nicht, also dachte er, tote Schlitzaugen wären seine Fahrkarte zum Ruhm.«
»Das hört sich ja alles schrecklich an.« Ich sah, wie ein Highway-Polizist auf der mittleren Bahn an uns vorbeischnurrte. »Den Typ treffe ich hoffentlich nie.«

»Sehr unwahrscheinlich, es sei denn, auf einem dieser Erinnerungsarmbänder für die Vermißten. Der Vietkong hat ihn gekascht.«

»Drei Kreuze hinterher.«

Es war nach Mitternacht. Auf der Straße waren sonst keine Autos. Die Neuengländer saßen wahrscheinlich alle zu Hause und beteten. Die einzigen Lichter waren die Scheinwerfer des Thunderbird auf Weitlicht, die Skala auf dem Radio, das »Everybody's Talking At Me« spielte, und Savitchs rotglühende Zigarette.

Dann tauchte noch ein Licht hinter uns auf. Savitch sah es eher als ich, weil er immer in den Rückspiegel schaute. »Öfter mal was Neues.« Das Licht war blau und ging an und aus. Wie beim Flipper.

»Bullenkarre«, sagte ich, um zu zeigen, daß ich voll durchblickte. Dann lehnte ich mich zurück und wartete, daß er an uns vorbeiflitzte. Aber er signalisierte uns, anzuhalten, scherte nach rechts aus und hielt fünf Meter vor uns.

Der Cop, der auf uns zukam, mußte Sheriff oder Nationalgardist sein. Er trug ein hellgraues Hemd, dunkelgraue Hosen und glänzende schwarze Stiefel, die ihm fast bis ans Knie reichten.

Ich fragte: »Was jetzt?«

Savitch machte die Tür auf. »Sieh du nur zu, daß er immer zwischen dir und mir steht, und mim die Blöde«, schnaubte er. »Für die Rolle bist du doch perfekt.«

Ich stieg auf meiner Seite aus und beobachtete, wie Savitch auf den Beamten zuging, den Führerschein in der Hand. »Was gibt's, Officer?«

Der Bulle hatte seine 38er Police Special in der Hand und richtete sie genau auf Savitchs Kopf. »Arme hoch, Beine auseinander.«

Savitch parierte aufs Wort. Er drehte sich einmal um seine eigene Achse, streckte die Arme aus und legte sie

auf das Dach des Thunderbird, die Füße standen auseinander.
Der Cop hielt die Knarre weiter kopfschußbereit und tastete Savitch ab. »Gut. Hände auf den Rücken.«
Savitch gehorchte und zuckte mit keinem Muskel, während der Cop mit den Handschellen rumfuchtelte und sie ihm anlegte. »Ein Auto mit genau dieser Beschreibung ist als gestohlen gemeldet.«
Ich war richtig verstört. Da stand der Mann, mit dem ich zusammen und dem zu gehorchen ich gewohnt war, hilflos und gedemütigt in Handschellen. Ich hatte das Gefühl, als werde meine ganze Realität durcheinandergerüttelt.
Ich erinnerte mich daran, daß es meine Aufgabe war, hinter dem Cop zu bleiben, also ging ich um ihn rum, und er mußte sich drehen, wenn er mich im Auge behalten wollte. Die Knarre hatte er immer noch im Anschlag. »Stellen Sie sich dahin!« Er zeigte auf eine Stelle fünf Zentimeter zu meiner Linken und wandte sich dann wieder Savitch zu. »Ihre Frau?«
»Verdammte Scheiße, nein! Ich habe sie eben erst aufgelesen.« So verächtlich, wie er das sagte, hätte man nicht glauben sollen, daß ich in irgendeiner Weise von Bedeutung für ihn war. Er war ein guter Schauspieler.
Der Cop wirbelte wieder zu mir herum, und ich mußte gar nicht mehr so tun, als hätte ich Angst. »Er hat mir versprochen, mich nach New Haven zu fahren.«
Ich blieb auf dem Posten und sorgte dafür, daß der Cop, wie befohlen, zwischen mir und Savitch war. »Ganz egal, was der Typ gemacht hat, ich hab nichts damit zu tun. Ich glaube, ich pisse mir in die Hosen.« Ich faßte mir zwischen die Beine. »Sie lassen mich doch nicht einfach hier? Ich muß aufs Klo.«
»Keine Sorge, Miss«, sagte der Bulle tonlos. »Ich nehme ihn und Sie mit.«
»Ich kann aber nicht mehr warten!« Ich zog den

Reißverschluß meiner Jeans auf. »Sie haben doch nichts dagegen, wenn ich mal pinkle?« Ich drehte und wand mich, Stück für Stück zerrte ich Jeans und Schlüpfer über meine Oberschenkel, und der Cop konnte nicht anders, als während der gesamten Vorstellung Savitch den Rücken zuzukehren und meine halbrasierte Muschi anzuglotzen, die im sich drehenden Blaulicht seines Autos immer wieder hell erleuchtet war.

Bevor ich fertig war, hatte Savitch lautlos die Hände mit den Handschellen über seinen Hintern und unten um die Füße manövriert. Ich erstarrte in Ehrfurcht, denn das hätte ich mit meinem dicken Arsch nie geschafft. Aber ich behielt den Cop im Blick und machte mit meiner Show weiter, bis Savitch vorsprang und den Bullen mit der Kette der Handschellen in den Würgegriff nahm.

»Schnapp dir seine Knarre!«

Ich brauchte eine Sekunde, dann hatte ich die Hosen wieder oben und konnte mich bewegen. Der Cop wehrte sich, um die Kette von seinem Hals zu kriegen, und schoß bei dem vergeblichen Bemühen wie wild in die Luft. Als ich mir die Knarre schnappte, war er fast ohnmächtig, weil er keine Luft mehr kriegte. Meine Rolle war also leicht. Savitch lockerte seinen Griff, ließ den Bullen runtergleiten, bis er auf dem Kies landete, und streckte dann die gefesselten Hände aus. »Gib mir die Knarre und mach den Schlüssel von seinem Gürtel ab.«

»Hier.« Ich händigte ihm die Waffe schnellstens aus und hockte mich dann neben den Cop, der sich nicht rührte, sondern nur röchelte. Der Schlüssel war, wo er hingehörte, und ich schloß die Handschellen auf, während Savitch die Pistole mit beiden Händen hielt. Als er sie frei hatte, spannte er den Hahn. Bei dem Geräusch fuhr der Cop wie elektrisiert zusammen. Er setzte sich hin.

»Nein!«

Jetzt sah er nicht mehr wie ein autoritäres Establishmentschwein aus, sondern nur wie ein verängstigtes Kind. Er war bestimmt jünger als ich. Und ich mußte auf einmal daran denken, daß er Menschen hatte, die ihn liebten, die darauf warteten, daß er nach Hause kam. Vielleicht sogar Frau und Kind.

Ich tat das Gegenteil von vorher und sprang zwischen Savitch und den Cop. »Nein, du darfst ihn nicht töten!« Die Pistole richtete sich auf mich. »Wenn du das machst, kriegst du die Klunker nicht! Damit du's weißt!«

Savitch sah mich lange und unverwandt an. In der Zeit hätte ich drei Rosenkränze beten können. Dann kräuselte er die Lippen.

»Das würde ich sowieso nicht tun. Du weißt doch, in diesem Land ist es Sitte, daß du jeden Bürger nach Herzenslust abmurksen kannst, ohne daß die Cops dir Scherereien machen.« Er richtete den Lauf nach unten. »Aber versuch mal, einen von ihnen kaltzumachen, dann werden sie stinkig. Ich bringe ihn nur zurück und fessele ihn ans Steuer.« Er lächelte mich beinahe an und gestikulierte mit dem Gewehr. »He! Stehen Sie auf!«

Der Cop gehorchte, wagte aber immer noch nicht zu glauben, daß sein Leben verschont geblieben war. Ich sah zu, wie Savitch ihn am Randstreifen entlang zu seinem Auto zurückschubste, die Tür aufriß und ihn mit dem Gesicht nach unten auf den Sitz stieß. Mit der Rechten hielt Savitch die Knarre an den Kopf des Polizisten und knurrte was, das ich da, wo ich mich befand, nicht verstehen konnte. Mit der Linken machte er dessen Gürtel auf. Ich erhaschte gerade noch einen Blick auf den weißen Hintern des Cop, bevor Savitch in das Auto und auf ihn drauf stieg.

Ich setzte mich in den Thunderbird und drehte das Ra-

dio laut, denn ich war ganz schön mit den Nerven am Ende und brauchte ein bißchen Musik.
»He's a real nowhere man«, sangen die Beatles.
Der Song hat wirklich Tiefgang. Darüber dachte ich nach, bis Savitch mit dem Bullen fertig war und auf dem Randstreifen zurückkam.
Er schwang den Ring mit den Schlüsseln des Cop über seinem Kopf, schleuderte sie weit weg in die Büsche und setzte sich dann ans Steuer, ohne ein Wort zu sagen. Als er auf den Highway fuhr, sah ich das Polizeiauto im Rückspiegel, der Kopf des armen Bullen tauchte gerade im Fenster auf. Er mußte sich wahrscheinlich erst die Hosen anziehen, bevor er einen Hilferuf losschickte.
Als wir wieder mit fünfundsechzig daherfuhren, wir kamen gut voran, sah ich aus dem Fenster und hörte Pink Floyd. Savitch fuhr einfach, schaltete und machte alles wie immer, steckte sich Salems an und rauchte sie bis zum Filter. Wir hatten gut hundert Meilen zwischen uns und den geschändeten Bullen gelegt, da hatte ich den Mut zu fragen: »Warst du scharf auf den Polizisten?«
»Bist du krank?«
»Warum hast du dann ... das mit ihm gemacht?«
»Glaubst du, jetzt reizt es ihn noch, den Zwischenfall zu melden?«

33

Route Three, August 1970

Es war beinahe vier Uhr nachmittags, als wir kurz vor Plymouth, Massachusetts, unseren ersten Halt in einem Howard Johnson's machten.

Ich stellte meine Tasche in die Ecke, zog meine platinblonde Perücke ab und brachte die Pond's-Creme zum Einsatz. Im Kommodenspiegel sah mein Gesicht blauweiß aus. Ohne Make-up oder falsche Wimpern war ich definitiv Margaret. Die unscheinbare Margaret. Wie Cherry sah ich absolut nicht aus.

»In Boston bin ich noch nie aufgetreten«, erzählte ich Savitchs Spiegelbild.

Er lag in einer Qualmwolke auf dem Bett, gegen das Kopfteil gelehnt, den obligatorischen Aschenbecher im Schoß.

»Bei Redi's in der Combat Zone gibt es Stripperinnen, Tanzbühne und Live-Band. Für dich ist das das Lido.«

»In Boston jagen wir auch wieder nur einem Phantom hinterher.«

Er streifte ein großes Stück Asche ab. »Was?«

»Weil wir jetzt am Ende des Weges angelangt sind. Und Diamanten im Wert von achtzigtausend Dollar können unmöglich in einem dämlichen Jäckchen versteckt sein.«

»Du hast ne Macke.« Er zerquetschte den Filter mit den Fingern. »Verschon mich mit deinen haarscharfen Schlußfolgerungen, ja?«

»Aber es wären doch eine ganze Menge und ...«

»Alles, was du über Schmuck weißt, sind G-Strings mit Straß.« Er drückte die Zigarette aus. »Ein halbes Dutzend lupenreine Steine, feines Weiß oder Weiß, sind leicht soviel wert.«

Ich antwortete immer noch seinem Spiegelbild. »Aber wenn die Jacke in Boston leer ist?«

»Das hieße ...« Er hielt die rechte Hand hoch und einen Finger der linken. »Sechs Votzen ... sechs Jacken ... keine Klunker.« Er neigte den Kopf und blinzelte mich an. »Ziemlich traurig.«

Ich zuckte mit den Achseln und guckte, als könnte ich nicht bis drei zählen. Als wüßte ich nicht, daß als näch-

stes die Platte ablaufen würde: »Fünf Votzen ... fünf Jacken ...«
Wenn nur das Mädchen in Boston auch Diamanten hätte, dann wäre ich etwas aus dem Schneider. Zum ersten Mal wünschte ich mir, daß Dennis eine andere geliebt hatte.
»Wie heißt sie?«
»Phyllis Metzler.«
Ich drehte mich um und sah ihn höchstpersönlich an.
»Aber das klingt jüdisch, findest du nicht?«
»Na, und?«
»Dann muß es ein Irrtum sein. Jüdische Mädchen müssen sich nicht ausziehen, um ihren Lebensunterhalt zu verdienen. Sie gehen zur Uni.«
Savitch schaute aus dem Fenster und ich konnte seine Augen nicht sehen. »Aha, du weißt ja bestens Bescheid.«
»Aber ja doch. Meine Freundin auf der High School war Jüdin, ich verstehe diese Leute. Judy war National Merit-Stipendiatin.«
»Dann ist Phyllis Metzler das natürlich auch.«

Der lange, beleuchtete Spiegel über dem Ankleidetisch in der Garderobe im Redi's war so aufgeteilt, daß jedes Mädchen knapp einen halben Meter zum Arbeiten hatte. Meine Nachbarin zur Rechten war eine langbeinige schwarze Frau, die zu afrikanischer Musik tanzte und sich dabei aus einem Dashiki, einer afrikanischen Tunika, und roten Affenfellaccessoires schälte. Sie trug das Haar in einem wild hochgebauschten Angela Davis-Afrolook und sah sehr authentisch aus. »Oh Gott! Mein Kleber ist alle.« Sie sah mich hilflos an, und ich eilte zur Rettung.
»Nimm meinen.« Ich reichte ihr eine fast volle Flasche. Es war ja schließlich meine Aufgabe, schnell Freundschaften zu schließen.

»Oh, du rettest mich. Danke.« Sie streckte die Hand aus, ich schüttelte sie und spürte die scharfen Spitzen ihrer langen purpurroten Nägel. »Ich bin Uzuri. Das heißt auf Suaheli Schönheit. Muß hier einen auf ethnisch machen.«

»Wie heißt du wirklich?«

»Beulah.« Sie drehte ihre bloßen Brüste zur Klimaanlage. »Ich wurde nach Louise Beavers genannt.«

»Ich wurde nach meiner Tante Margaret genannt. Aber ich gehe als Cherry. Ein guter Künstlername ist wichtig, findest du nicht?«

»Ja, der gehört zur Illusion. Cherry ist hübsch.«

Die Vier-Mann-Band spielte »Raindrops Keep Falling On My Head«. Sie swingten nicht wie unsere Jungs unten in New Orleans, aber für Boston waren sie nicht übel.

Ich legte noch mehr Rouge auf und sagte ganz beiläufig: »Ich habe gehört, daß hier ein Mädchen arbeitet, das Phyllis heißt. Mensch, das ist doch viel zu brav.«

»Phyllis?« Mittlerweile waren Beulah-Uzuris Brustwarzen genug geschrumpelt, so daß sie ihre Affenfell-Tattoos draufkleben konnte. »Äh, bäh.«

»Ja, Phyllis Metzler.«

»Nöh. Metzler klingt jüdisch. Die würde hier nicht arbeiten.«

Genau, was ich gesagt hatte.

Das Mädchen vor mir auf der Bühne war eine Blondine, die als »Rainy Day« auftrat. »Rainy« tänzelte in einer gelben Regenkutte über den Laufsteg und ließ einen durchsichtigen Schirm zu »September In The Rain« rotieren. Dann stolzierte sie zehn Minuten lang herum und strippte zu »Raindrops«, »April Showers« und »Baby, The Rain Must Fall«, bis sie zum guten Schluß nur einen zerfransten Kreppapierregenbogen und Gummigaloschen trug und die Beine zu »Dancing In The Rain« hochwarf.

(Ich persönlich fand, daß sie zu sehr auf das Regendings abfuhr, aber das ging mich nichts an.)

Als die Band mein Intro spielte, die ersten Takte von »Wonderland By Night«, schritt ich in meinem Leopardengewand die Stufen zur Bühne hinauf und zog dieselbe Nummer ab wie in New Orleans, aber mit mehr Bewegungsfreiheit und einer größeren Band. Die Drumbeats inspirierten mich zu ein paar quietschvergnügten Sprüngen. Ich lächelte, hupfte, warf die Beine, und nach zwei Minuten *liebten* mich die Gäste in der Bar. Sie grinsten und klatschten, stießen sich mit den Ellenbogen an und hoben ihre Gläser, als sei ich die Sensation von Boston.

In einer Ecke saß ein junger Gefreiter, ein Dickerchen mit schlechter Haut und bestimmt noch unberührt. Auf ihn konzentrierte ich mich und erkor ihn zu meinem Spezialtypen. Sicher, ich bediente den Laufsteg von hinten und vorn, gab jedem das Seine, während ich mich entblätterte, aber an den hübschen, kernigen Jungs witschte ich vorbei, landete immer wieder vor dem Gefreiten und zeigte ihm eine Nahaufnahme vom Besten. Bei meinem dritten Stück glänzten seine Augen, und er schaute sich nach den anderen Männern in der Nähe um, lächelte und wurde rot. Ich wußte, ich rettete ihm den Abend, wenn nicht seinen ganzen Urlaub. Er ging bestimmt in seine Kaserne zurück und erzählte allen, wie dieses glamouröse Showgirl ihm schöne Augen gemacht hatte. Ich fühlte mich wie ein Hollywoodfilmstar.

Redi's Hauptattraktion trat als Soroya Saturn auf. Sie kam als letzte dran, und ich mußte eine Stunde auf ihre akrobatische Tanzvorführung warten. Sie fiel allerdings schon auf, als sie ruhig in der Garderobe stand. Sie sah aus wie Raquel Welch, aber mit mehr Kurven, rassig genug für die Mittelseiten im Playboy.

Vielleicht hauen mich Titten immer so um, weil es Gott

in seiner Güte nie gefallen hat, mich mit den Dingern auszustatten. Egal, ich bin zum Connaisseur geworden und weiß erstklassige zu schätzen. Soroyas waren nicht etwa angeklebte Ballons, sondern in weichen Linien modelliert, und bewegten sich mit ihr wie köstliche Früchte, die in einem Baum schaukeln.

Ich blieb am anderen Ende des Raumes und versuchte, sie nicht anzuglotzen, sonst hätte sie noch gedacht, ich wäre lesbisch oder so.

Während Soroyas erster Show lieh ich mir Beulahs Kimono, suchte mir ein Plätzchen im Schatten des Durchgangs und beobachtete sie bei der Arbeit. Und wahrscheinlich vergaß ich die ganze Zeit zu atmen.

Soroya strippte schon während ihres ersten Songs bis zum gesetzlich erlaubten Limit, trotzdem war der Rest kein Abturner. Als sie ihren Luxuskörper im Takt eines heißen Schlagzeugs und eines trägen Saxophons drehte und Spagat auf dem Boden und Rollen rückwärts vollführte, wuchs die Erregung mit jeder Minute und jeder Bewegung. Sie zeigte mehr Schönheit und Harmonie, als ich sie je bei einem Menschen gesehen hatte. Das Mädchen haute mich einfach vom Sockel.

Als Soroya, aus jeder Pore schwitzend, von der Bühne kam, gab ich es auf, cool zu bleiben, und folgte ihr in die Garderobe bis hinunter zu ihrem Platz am Tisch.

»Miss Saturn? Du bist wirklich sagenhaft, weißt du das?«

»Danke.« Sie klang wie Marilyn Monroe, vielleicht, weil sie außer Atem war.

Sie langte nach ihrem Handtuch, aber ich schnappte es mir und fuhr ihr damit über Nacken und Schultern. Selbst verschwitzt roch sie gut.

»In New Orleans auf der Bourbon Street wärst du die Größte. Du könntest mehr Geld verdienen als die Transsexuellen!«

»Das wär schön, aber nichts für mich.« Sie nahm mir

das Handtuch ab und rieb sich vorn trocken, schob ihre Brüste hoch und zusammen und ließ sie wieder los.
»Aber natürlich nicht.« Jetzt war mir mein Vorschlag peinlich. »Hier kriegst du garantiert mehr Geld.«
»Es ist nicht nur wegen Geld. Ich arbeite hier nur vorübergehend, solange ich am Konservatorium studiere. Das Stipendium reicht einfach hinten und vorne nicht.«
»Ein National Merit-Stipendium?«
»Ja. Es geht alles für meinen Tanzunterricht drauf.« Soroya war klein und sah kokett zu mir hoch, fast, als sei ich ein Typ. »Ich bleibe nur noch ein paar Monate hier.«
»Wirklich?«
»Ja.« Sie hatte große, dunkle, goldgesprenkelte Riesenaugen. Viel schöner als Raquels. »Weißt du, ich will zum Broadway.«
»Toll. Du hast natürliche Starqualitäten.« Ihr Frotteebademantel lag auf ihrem Stuhl, und ich erdreistete mich, ihn zu nehmen und zu halten, damit sie mit ihren weichen, braunen Armen in die Ärmel schlüpfen konnte.
»Oh, danke. Lieb von dir.«
Ich war lieb? Da wurden doch jedem die Knie weich, wenn er für dieses herrliche Geschöpf was tun konnte! Ich empfand es ja schon als Ehre, ihr das Handtuch aufzuheben.
»Letzte Woche war ich am Broadway«, sagte ich. »Ich meine, ich bin da rumgelaufen...« Sie schaute sich nach ihrer Haarbürste um, und zum Glück erspähte ich sie und konnte sie ihr geben.
Sie bewegte die Lippen zu einem tonlosen »Danke«, das fast wie ein Kuß war. Ich schluckte, redete dann aber zielstrebig weiter. »Am Broadway hab ich die ganzen Shows gesehen. Ich meine, nur die Plakate draußen, du weißt schon...« Sie bürstete sich langsam das Haar und schaute statt in den Spiegel mich an.

»Ja?«
»Und keiner von den Stars ist auch nur im entferntesten so schön wie du.«
»Danke, danke.« Sie hörte auf zu bürsten. »Hast du das Bacharach-David-Musical ›Promises, Promises‹ gesehen?«
»Klar. Hm, das Theater.«
»Das würde ich gern machen. Meine Gesangslehrerin hilft mir bei ›Whoever you are, I love you‹.«
»Du wärst perfekt für das Musical.« Eine ihrer dunklen Locken hatte sich hinter ihrem Ohr verfangen, ich befreite sie sanft und legte sie ihr zärtlich über die Schulter. »Ich sehe schon die riesige Wand da oben und deinen Namen in Leuchtschrift über dem Titel ›Promises, Promises‹, mit Jerry Orbach und Soroya Saturn!«
Sie lachte und selbst das klang melodiös. »Oh, aber nicht ›Soroya Saturn‹. Den Namen benutze ich nur hier.«
Die Garderobentür ging auf, und Beulahs Afroschopf zeigte sich.
»Beeil dich, Cherry. Rainy hat nur noch die Galoschen an.«
»Danke. Eine Sekunde.« Der Afro zog sich zurück, und ich rannte zu meinem Stuhl und machte mir in vier Sekunden meine Schleier dran. Dann flutschte ich in mein Kostüm und zog mir auf dem Weg zur Tür die Handschuhe hoch. Ich hörte die Band noch spielen, Rainy hatte noch acht Takte, deshalb konnte ich mir nicht verkneifen, noch einmal einen langen Blick auf Soroya zu werfen. »Und wie nennst du dich dann in New York?«
Sie spielte mit einer schimmernden Haarlocke und lächelte.
»Da kann ich ja auch mit meinem echten Namen auftreten. Phyllis Metzler.«

34

New Orleans, Januar 1990

»Sie haben alles arrangiert?«
Rudd phosphoreszierte vor Habgier.
»Ja. Ich habe meiner Freundin Keesha gesagt, daß Sie diesen Monat an meiner Stelle das Geld abholen. Sie erwartet Sie. Hier ist die Adresse.«
Er war mißtrauisch. »Woran erkennt mich die Alte? Meinen wirklichen Namen sage ich ihr nicht, darauf können Sie Gift nehmen.«
»Das ist alles schon geregelt. Erstens fahren Sie in meinem Auto, und zweitens erkennt sie Sie daran, daß Sie diese Baseballmütze tragen.«
Ich hielt sie ihm entgegen.

35

Boston, August 1970

Am Tresen schlürften zwei Motorrad-Rocker mit Totenkopfaufnähern Bohnensuppe und krümelten sich Cracker in die Bärte. Als die Kellnerin meine Bestellung aufnehmen wollte, machte sie einen weiten Bogen um die Jungs.
Die Speisekarte verschwamm vor meinen Augen.
»Ich warte auf... einen Herrn. Aber Sie können mir schon ein Schokoladeneis-Soda bringen.«
Wenn Dennis meinte, eine andere Frau verdiente Diamanten, dann unter Garantie Soroya. Sie war einfach

einmalig. Ich dachte an Sandy in Houston. Von den anderen wußte ich nichts, aber das von ihr und dann die Blutflecken in Biloxi. Phyllis durfte nichts geschehen, koste es, was es wolle.

Ich sah aus dem Fenster in die finstere Nacht. Ein dünner Schatten kam von der dunkleren Seite der Straße. Das mußte John Savitch sein.

Ich konnte behaupten, daß ich sie noch nicht gefunden hatte. Aber dann würde er mich zwingen, hier in Boston zu bleiben, bis ich sie fand. Angenommen, ich erzählte Phyllis, daß ein wahnsinniger Mörder sie umbringen wollte? Würde sie mir glauben und weglaufen? Selbst wenn, würde er sie finden?

Savitch kam durch die Eingangstür, und als die Rocker am Tresen ihn sahen, wichen sie ein bißchen zurück, erstarrten und blieben stumm, bis er, ohne sie eines Blickes zu würdigen, an ihnen vorbeigegangen war. Sie nahmen ihr Gespräch erst wieder auf, als er auf dem Stuhl mir gegenüber saß.

»Und?« Die Frage konnte nur eines bedeuten.

»Die Weiber da...« Ich tat angeekelt. »Man kommt schwer mit ihnen ins Gespräch. Sie mögen keine Außenstehenden.«

»Wie komisch.« Seine Augen gingen durch mich durch. »In den anderen Clubs hast du immer gleich Freundschaften geschlossen.«

Ich konzentrierte mich auf seinen Nasenrücken, damit er dachte, ich schaute ihm in die Augen.

»Aber hier ist Neu-England, weißt du.«

»Aber Weiber sind Weiber, weißt du.«

Seine Augen bewegten sich nicht. Mit Nasenrückentricks hatte er's nicht. Ich zuckte müde mit den Schultern und nahm meine Speisekarte.

»Ich schaff das schon. Ich hoffe, es dauert nicht so lange wie in New York.«

»Das glaube ich auch nicht. Ich hab's im Gefühl.«

Als ich am zweiten Abend zu Redi's kam, ging ich freiwillig als erste raus, so daß ich mit meiner Show fertig und wieder in der Garderobe war, als Phyllis kam. Ich rannte mit klappernden Pfennigabsätzen auf sie zu.
»Komm, ich helfe dir.« Ich nahm ihren Make-up-Koffer, öffnete ihn und fing an, ihre Utensilien rauszulegen.
»Oh, danke, Cherry.« Sie sank in ihren Stuhl. »Wirklich lieb.«
»He, schau dir deine Schuhe an. Die sind ganz staubig.«
»Die sind leider immer staubig, die trage ich beim Tanzunterricht.«
»Ich habe Schuhcreme. Ich putze sie dir. Bitte.«
»Hm gut, Süße. Wenn du unbedingt willst.«
Ich hatte die gute Griffin-Schuhcreme gekauft und polierte ihre Schuhe so, daß sich mein Gesicht darin spiegelte. Als sie ihr Kostüm anhatte und das Make-up drauf, waren sie fertig, und ich hielt sie hoch.
»Oh, wunderbar!« Ihre bildschönen Augen leuchteten. »Du bist so tüchtig.«
»Danke.« Ich fiel zu Boden, bevor sie noch eine Chance hatte, zu überlegen, was das nun wieder bedeutete, und zog ihr die Schuhe an ihre hübschen kleinen Füße, als sei ich der Prinz und sie Aschenputtel. »Jetzt kannst du tanzen, Phyllis.«
Uzuri wirbelte auf ihrem Stuhl herum und stand auf. »Phyllis? So heißt du?« Als Phyllis nickte, brabbelte sie weiter. »Wahnsinn! Neulich abends hat Cherry doch erst gesagt ...«
»... daß Phyllis ein irrer Name ist!« Ich schaute sie streng an. »Phyllis Kirk mag ich ganz besonders.«
Uzuri fiel wieder auf ihren Stuhl und wurschtelte sich in ihren Dashiki. »Ich mag eigentlich Phyllis Diller.«
Phyllis sah uns beide abwechselnd an. »Ich glaube, mich haben sie nach Phyllis Coates genannt.«
Ich atmete erst wieder frei, als Uzuris Drumbeat-Intro

loswummerte und sie kampfesmutig hinausstolzierte. Wenn Phyllis herausfand, daß ich mit ihrem Namen bewaffnet hier angetanzt war, würde diese wundervolle Freundschaft sich im Nu abkühlen. Ich hatte nicht mehr viel Zeit, meine Aufgabe in Angriff zu nehmen. Ich schraubte den Deckel auf ihre Grundierungscreme und ihr Rouge.

»Weißt du, ich fühl mich heute ziemlich mies.«

Besorgt sah Phyllis mich an. »Warum, Cherry?«

»Ich hab so eine irre Tarnjacke in einem Laden auf der Tremont gesehen. Mein ganzes Leben lang wollte ich schon so eine. Aber ich kann sie mir absolut nicht leisten. Das macht mich völlig fertig.«

»Eine Tarnjacke?« Sie legte silbernen Lippenstift auf. »Du meinst, so'n Armeeoutfit?«

»Nein, es war eine Frauengröße, wie ein Souvenir. Auf dem Rücken war eine tolle Landkarte eingestickt.«

Sie drehte sich nicht um. »Ich hab so eine in dem Stil. Die hat mir ein Soldat aus Vietnam geschickt.«

»Im Ernst?« Ich hielt den Atem an. »Warst du mit ihm zusammen?«

»Nicht so richtig. Wir sind einmal ausgegangen, dann hat er mir ein paar Briefe geschrieben und ein paar Kleinigkeiten geschickt. Keine große Sache.«

Das war genau, was ich hören wollte, aber ich wagte es kaum zu glauben. »Keine große Sache?«

»Seit ein paar Wochen schreibt Dennis mir nicht mehr. Vielleicht hat er eine andere gefunden.« Sie bürstete sich Glitzerlidschatten unter die Brauen. »Hoffe ich jedenfalls. Ich hatte den Eindruck, daß er sehr einsam ist.«

Einsam? Der und einsam!

Ich durfte nicht zu gieperig klingen. »Aber die Jacke. Würdest du sie mir verkaufen?«

»Verkaufen? Natürlich nicht.« Jetzt drehte sie sich herum und sah mich an. »Ich schenk sie dir.«

Nur mit meinem Atem, nicht mit meiner Stimme sagte ich: »Wirklich?«
»Klar. Ich trag das Ding ja doch nie. Komm nach der Arbeit mit in meine Wohnung, und ich gebe sie dir.«
»Oh Phyllis, du Lebensretterin!« Sie lächelte verhalten und hatte keinen blassen Schimmer, wie wahr das war oder um wessen Leben es ging.

Phyllis' Wohnung am Fenway Park war so klasse wie sie. Auf Hochglanz gewienerte Dielenböden, ein Stapel gebundener Bücher und eine große schicke Stereoanlage. Überall hingen Grünpflanzen.
Sie warf die Schuhe ab und ließ ihre Tasche auf den Kaffeetisch plumpsen. »Willst du was trinken, Cherry? Ich habe Shasta.«
»Toll ... Egal, was.« Ich legte meine Tasche so hin, daß sie ihre berührte.
Phyllis stellte die Anlage auf volle Pulle, Donovan sang »Colours«, und sie gab mir eine Dose Schokoladen-Shasta aus dem kleinen Kühlschrank. »Mein Gott, bin ich erledigt.« Sie zog ihr indisches Baumwollkleid über den Kopf. »Jeder einzelne Muskel im Körper tut mir weh.« Sie war nackt und im gedämpften Licht der Lampe schöner als auf der Bühne.
Ich machte die Dose nicht auf, sondern hielt sie in beiden Händen, um das Kalte zu genießen.
»He, Phyllis, letztes Jahr habe ich Shiatsu gelernt. Ich würde dich gern massieren.« Es klang wie: »Bitte, bitte, laß mich ...«
»Gut.« Unter dem Fenster lag eine auseinandergerollte Strohmatte, und Phyllis schlenderte hin und legte sich darauf, mit dem Gesicht nach unten, im Licht der Straßenlampe schimmerte und glänzte sie. »Wenn es dir nicht zu anstrengend ist.«
»Ach was.« Ich stellte die Shasta ab. »Ich brauche die Übung.« Ich ging langsam durchs Zimmer, als ob ich es

keineswegs eilig hätte, kniete mich auf die Matte und legte meine Daumen auf die Druckpunkte. Ich arbeitete mich an ihrem Hals herunter und über ihre Schultern. Phyllis streckte sich genießerisch wie eine Katze, die gestreichelt wird.

Als ich unten an ihrem Rückgrat angekommen war, sagte ich: »Willst du dich umdrehen?« und versuchte mein Bestes, beiläufig zu klingen.

»Warum nicht?« Sie drehte sich sorglos um, warf die Arme über den Kopf und gab ihre Brüste frei.

Meine Finger spreizten sich und meine Hände taten beinahe weh, so gern wollte ich sie streicheln. Ich mußte es riskieren.

»Phyllis, ich bin keine Lesbe, aber ...«

»Aber ...?« Sie lachte fröhlich und drehte sich auf der Matte. Ihre Brüste schwangen mit.

»Das erzählt mir die Hälfte der Mädchen, die ich mit hierherbringe.« Dann streckte sie die Arme nach mir aus, schlang die eine Hand um meinen Hals und zog mich herunter. »Aber ... Aber du willst mich küssen, stimmt's?«

»Ja ... ich ...«

Sie unterbrach mein Stottern mit ihren Lippen, weich wie die eines Mädchens.

Ich hatte vorher schon Frauen geküßt, im Klo von Madame Julie's. Aber ich hatte mich nie komisch dabei gefühlt, weil es immer kerlige Frauen waren, die rumschwadronierten, einen auf Macho machten und mit Männernamen rumliefen wie Jackie und Toby. Sie hatten alle rauhe Manieren und eine männliche Ausstrahlung, und wenn sie nach der Show ihre Kostüme und hochaufgetürmten Perücken auszogen, sahen sie aus und fühlten sich an wie Typen.

Aber Phyllis war so weich und süß und feminin, daß zum ersten Mal im Leben *ich* mich wie ein Typ fühlte. (Und es war ein schönes Gefühl.)

»Wie war der?« Sie verulkte mich, aber es machte mir nichts. Ich schob ihr eine Haarlocke von der Wange und küßte sie leicht, dann fest. »Wirklich schön.«
»Du kannst weitermachen, wenn du willst.«
Ob ich will? Davon träume ich doch die ganze Zeit. Aber meine Träume, mit Phyllis zusammen zu sein, hatten immer bei den phantasierten Küssen aufgehört. Weiter hatte ich mich nie vorgewagt. Ich hatte nicht die leiseste Ahnung, wie man mit einem Mädchen schläft. Dann durchzuckte mich das ›Wie‹ wie ein Blitz: Ich müßte einfach machen, was mir gefällt.
Also machte ich, was mir gefällt, und ihr gefiel es auch. Dann schlief ich Arm in Arm mit ihr ein.
Als ich Stunden später aufwachte, lag ich immer noch auf der Matte, und über die Fensterbank kam ein kleiner Streifen orangefarbenes Licht.
»Herr im Himmel! Schon Morgen.«
Phyllis war auf und lief mit einer Tasse Kaffee in der Wohnung herum. Sie war immer noch nackt. (Ich auch, aber an ihr sah es Klassen besser aus.). Sie kicherte, als sie sah, wie schnell ich mich in meine Klamotten schmiß. »Trinkst du einen Kaffee, Cherry?«
»Nein, ich muß mich abspulen. Mein Alter bringt mich um.«
Da sah sie eine einzige Sekunde lang traurig aus. So wie ich wahrscheinlich aussehe, wenn ein Typ morgens aufsteht und mich verläßt.
»Gut, ich hab sie dir rausgelegt.«
»Rausgelegt?«
»Hast du vergessen, weswegen du hier bist?« Sie lächelte und hielt sie hoch. »Die Tarnjacke.«
Ich hatte nur Augen für das Lächeln. »Ja, habe ich. Danke.«
»Ich hab sie nur einmal getragen, aber ich bin mit dem Ärmel an einem Nagel hängengeblieben. Siehst du, hier ist sie eingerissen.«

»Das ist doch ganz einerlei.« Ich zog die Jacke an, obwohl es zu heiß war, und umarmte sie. »Aber du bist mir nicht einerlei, Phyllis. Du bist wunderschön.«
»Du auch. Auf ganz besondere Weise.« Sie küßte mich aufs Kinn, ging dann mit mir zur Tür und hielt meine Hände, als wollte sie sie nicht loslassen. »Bis heute abend im Club?«
»Klar.«
Aber sie würde mich nie wiedersehen.
Und was Besseres konnte ihr auch nicht passieren.

36

New Orleans, Januar 1990

Für meine Gäste werfe ich mich immer in Schale. Ich zog mein Gastgeberinnengewand mit den Kimonoärmeln und den rosa Rüschen an, tuffte mein Haar zu maximaler Höhe und versprühte großzügig Parfüm. Ich klopfte Covergirlgrundierung rein. Angeblich verdeckt sie Falten, und ich sehe immer noch aus wie Cheryl Tiegs.
Als die Klingel ertönte und mir meinen Gast ankündigte, setzte ich meinen Ausdruck milder Neugierde auf und öffnete die Tür.
Zwei gutgebaute Herren in Uniform standen auf meiner Schwelle, Betrübnis furchte ihre hübsche Stirn.
»Oh, meine Herren, was gibt's?« Dann vermittelte ich Alarmstimmung. »Ist etwas passiert?«
»Ja, Mrs. Fortier«, sagte der ältere Cop. »Es tut mir leid, aber... Wir haben Ihr Auto gefunden, einen Por-

sche, der auf Ihren Namen läuft, auf der Abundance Street. Völlig auseinandergenommen.«
»Oh Gott! Wie ist das passiert? Ich habe ihn einem Freund geliehen.«
»Einem Mr. Philip Rudd?«
»Ja. Ich schreibe einen Artikel über ihn und –« Ich spitzte den Mund zu einem O. »Warum? Wo ist er?«
»Ich habe eine schlechte Nachricht für Sie, Madam.«

37

Boston, August 1970

Savitch sah böse aus, als ich ankam, aber dann erspähte er die Jacke, und der böse Blick verschwand. Er nahm sie.
»Verdammt noch mal, wo warst du die ganze Nacht?«
»Phyllis wird Tänzerin. Um mich bei ihr einzuschmeicheln, mußte ich ihr ein paar T'ai Chi-Bewegungen zeigen.« Ich fing an, den »Kranich« zu geben und vollführte elegant meine Übung, während er sein Messer zückte, um die Jacke zu attackieren. Aber dann hielt er inne.
»Warte mal, Cherry. Hier der Ärmel ist eingerissen.«
»Sie hat gesagt, sie ist an einem Nagel hängengeblieben.«
»Mal sehen.« Savitch schnitt zuerst das Rückenteil auf, damit er mit der Hand hineinfassen konnte, und riß dann mit einer heftigen Bewegung das Futter raus. Mittlerweile war er Fachmann im Jackenzerreißen und brauchte weniger als vier Minuten, sie vollständig zu

zerfetzen. Wie gehabt wühlte er sich durch die grünbraunen Schnipsel und warf dann voller Verachtung gegen das letzte Mädchen, die letzte Jacke und die letzte Hoffnung das Messer weg.
»Scheiße, keine Klunker!«
Ich empfand nichts. Ich versuchte auch nicht zu erraten, was Savitch empfand.
»Tut mir leid, John.« Etwas mußte ich ja sagen.
Er trat gegen den Reißverschluß, seinen sechsten, und hielt dann inne, als ob ihm ein Licht aufgegangen wäre.
»Warte mal. Was ist mit dem zerrissenen Ärmel?«
»Wie, was ist damit?«
»Wetten, daß da die Klunker waren? Deine saubere Stripperfreundin muß die Steine gefühlt und rausgeschnitten haben.«
»Unmöglich, Phyllis hielt die Jacke für völlig wertlos.«
»Dämliche Votze.« Er knüllte die Lappen zusammen und warf sie in den Papierkorb. »Diese scheißjüdischen Prinzessinnen kenn ich! Die hat dich voll verarscht, und du wußtest überhaupt nicht, wie dir geschah.«
»Ach, jüdische Prinzessinnen!« Ich stemmte die Hände in die Hüften. »Bist du antisemitisch oder was?«
»Antisemitisch?« Er drehte sich um, und zum ersten Mal sah ich bei ihm ein Lächeln, das wirklich wie eins aussah. »Ja, bin ich. Der große Antisemit.«
»Hör mal, Juden sind keine schlechten Menschen.« Ich kniete mich auf den Teppich und fing meinen üblichen Hausputz an und zog die Fetzen aus den Schlaufen. »Na gut, stimmt, sie halten immer zusammen wie Pech und Schwefel. Und manche sind geldgieriger, als gut für sie ist, aber alles in allem sind sie doch nicht schlechter als andere Menschen.«
»Echt?« Sein Lächeln hielt noch zwei Sekunden an. »Wenn ich mich belehren lassen will, frage ich gern die Experten. Danke, daß du mich schlau gemacht hast. Al-

les klar. Ich geh und kümmer mich mal selbst um die Alte.«
»Nein!«
»Nein?« Seine Augen wurden groß, er konnte gar nicht fassen, daß ich aufmuckte. Und ich konnte es auch nicht fassen. Ich erhob mich, den Haufen grünbrauner Fetzen in der Hand.
»Sie wären gar nicht in den Ärmeln, sondern in den Schultern.« Ich holte tief Atem und sprudelte heraus: »Und das weiß ich, weil Phyllis Metzler die Diamanten nicht gekriegt hat! Ich hab sie gekriegt!«
»Was?« Er hustete es förmlich raus.
»Die Jacke, die du von Goodwill hast, war nicht die, die mir Dennis geschickt hat. Ich habe sechs Steine gefunden, eingenäht in die Schultern.«
Sein Gesicht war furchterregend, aber er hob die Stimme nicht.
»Warum hast du mir das nicht früher erzählt?«
»Ich wußte ja nicht, daß ich das einzige Mädchen war, das Diamanten bekommen hat. Wenn eine von Dennis' anderen Tussis auch welche gehabt hätte, wärst du ohne meine Steine reich geworden, und wir hätten beide unseren Schnitt gemacht. Aber jetzt...« Ich konnte ihn nicht ansehen, weil seine Augen so kalt waren. »Jetzt weiß ich, daß nur ich welche habe. Deshalb würde ich nicht wagen, sie für mich zu behalten.«
»Wo sind sind sie?« fragte er so monoton wie ein Roboter.
»In einem Sparkassensafe in New Jersey.«
»Hast du den Schlüssel?«
»Nein. Den bewahrt jemand anderes für mich auf.« Savitch rührte keinen Finger gegen mich, aber ich zuckte zurück, als hätte er. »Ein alter Freund der Familie. Ich vertraue ihm völlig.«
»Du solltest niemandem völlig vertrauen.«
»Er kann aber sowieso nicht allein zur Bank gehen und

den Safe aufmachen. Auf der Karte ist meine Unterschrift.«
»Gut. Ruf ihn an.«
Ich betrachtete das Telefon. »Von hier aus dem Hotel?«
»Nein. Bist du blöde? Ja, klar bist du blöde.«
Die Telefonzelle war draußen am Highway. Wegen des Verkehrslärms mußte ich die Tür schließen. Savitch versuchte nicht, sich mit mir hineinzuquetschen. Die Nummer kannte ich auswendig. Es war eine Geheimnummer.
Nach dreimal Läuten sagte eine Stimme: »Ja?«
»Hier ist Margaret.«
»Margaret Wer?«
»Sag bloß, du erkennst meine Stimme nicht.«
Drei Herzschläge lang Schweigen. Dann: »Warum rufst du an?«
Ich brauchte nur eine Minute, um es ihm zu sagen. Dann riß ich die Tür auf und ging mit gesenktem Kopf zurück zu Savitch. »Du hattest recht damit, daß man niemandem vertrauen sollte. Er macht Probleme.«
Savitchs Augen verengten sich wie die einer Klapperschlange vor dem Biß. »Was für Probleme?«
»Er wollte wissen, was in dem Safe ist. Und als ich es ihm nicht sagen wollte, hat er behauptet, es sei gestohlen.« Ich streckte die Hände aus, um zu zeigen, daß sie leer waren. »Jetzt will er mir den Schlüssel nur geben, wenn ein Bulle mit uns zur Bank geht.«
»Das kann er sich abschminken.«
»Klar.« Ich versuchte zu lachen, aber heraus kam nur ein Krächzen. »Er war einverstanden, daß wir uns morgen abend treffen und es besprechen. Er hat gesagt, er würde den Schlüssel mitbringen.«
»Aha. Jetzt kommt die Sache doch ins Rollen.«
Ich schaute süß und simpel drein. »Meinst du, du kannst ihn überzeugen?«
»Ja.«

38

New Orleans, 1990

Julian kredenzte am Eßtisch Kaffee für sich und heiße Schokolade für mich.

»Es heißt, dein Freund, der verstorbene Philip Rudd, war Kokser und hat versucht, in den Sozialblocks ein Tütchen zu erstehen.«

»Das war die offizielle Verlautbarung.« Er tat Schlagsahne auf meinen Kakao. Köstlich.

»Und durch einen absurden Zufall trug Rudd eine Baseballmütze und paßte noch zufälliger genau auf die Beschreibung des Arschlochs, das den schwarzen Jugendlichen den schlechten Stoff vertickt hat.«

»Und den haben sie heute nachmittag verhaftet.« Mein Kakao war heiß, aber ich strengte mich an, daran zu nippen, ohne zu schlürfen.

»Ja, der echte Baseballmützendealer war schon in polizeilichem Gewahrsam.« Julian legte den vergoldeten Löffel auf die Untertasse. »Es war nur noch nicht in den Nachrichten.«

»Also ...«, ich brauchte noch ein Stück Zucker, »hat ein Wachmann, der es gut meinte, Rudd mit dem bösen Buben verwechselt und ihn in einem Treppenaufgang erdolcht.«

»Ich glaube nicht, daß Rache das Motiv war«, sagte Julian trocken. »Rudds Taschen waren von innen nach außen gekehrt. Der Wachmann hat das reine Dope gesucht, das der Dealer angeblich bei sich hatte.«

»Schrecklich, was?«

»Ein Punkt macht mich neugierig, Margo. Wieso mußtest du ihm dein Auto leihen?«

»Liebes, was ich nicht weiß, macht mich nicht heiß!«

»Stimmt.«

»Ich wasche mal ab.«
Mein Gatte verzog sich mit einem Buch in sein Zimmer, und ich schlurfte in die Küche und ließ heißes Wasser ins Becken laufen.
Hätte Rudd den Trip in einem Taxi gemacht, hätte der Fahrer ihn gewarnt, daß die Wohnung meiner imaginären Freundin mitten im blutigsten Großstadtdschungel des Südens war.

39

Boontown, New Jersey, 1970

Er hatte sich bereit erklärt, mich zu treffen, aber an einem Ort und zu einer Zeit, wo uns niemand sehen konnte: elf Uhr auf dem Parkplatz hinter dem Acme in Del's Village. Er dachte, ich wäre allein. Menschen wie ich haben niemanden.
Ich saß auf einem verrosteten Ölfaß und wartete. Ich war zu früh. Er war zu spät.
Ich hatte bestimmt schon ein dutzendmal auf meine Timex geschaut, als der schwarze Lincoln Continental endlich um das Gebäude bog und drei Meter vor mir und meinem Ölfaß zum Stehen kam. Als er ausstieg, sah ich, daß er nur ein kurzärmeliges Hemd und Freizeithosen trug. Er hatte wohl behauptet, er müßte mal eben Zigaretten holen. Er riß eine neue Packung Kent auf und zündete sich eine an.
»Ich habe gesagt, ich gebe dir fünf Minuten.«
»Du schuldest mir eine Menge mehr.«
»Ich schulde dir nicht das Geringste.« Er zog ein Ge-

sicht, als röche er was Schlechtes. »Es war schön für uns beide.«
»Falsch. Ich habe es dir schön gemacht. Und du hast mir dafür was versprochen.«
Die Zigarette schmeckte ihm wirklich nicht. Er ließ sie auf den Asphalt fallen und zertrat sie zu was Fächerförmigem.
»Ich habe dir gesagt, was du hören wolltest, wie jeder andere Mann auch. Wenn man mir was anbietet, nehme ich es. Ich wäre ein Trottel, wenn ich es nicht täte.« Er verschränkte die Arme vor der Brust, alles mit grauen Haaren bedeckt. »Und so vertrottelt bin ich noch nicht.«
»Ich habe dir vertraut.«
»Ja, und das war deine eigene Dummheit. Du hast verloren. Heul nicht.«
Ich wedelte mit den Händen und tat so, als finge ich an zu weinen, aber das diente nur zur Ablenkung, damit Savitch über den Asphalt näherkommen konnte, ohne daß man ihn hörte.
Dann sagte ich: »Wenigstens hast du den Schlüssel mitgebracht«. So laut, daß es hinter ihm zu hören war.
»Schlüssel? Wa ...?« Die Frage konnte er nicht zu Ende stellen, denn in der Sekunde schloß Savitchs Garotte Richter August Hartmans Kehle für immer. Gut.
Vielleicht war er schon tot, als Savitch ihn zu Boden fallen ließ, seine Augen waren offen und quollen hervor. Ich hoffte sehr, daß er noch lebte.
Ich stellte mich über diese offenen Augen und lächelte, damit er mich sah.
»So, jetzt hast du es mir schön gemacht. Wir sind quitt.«
Niemand wird so böse wie eine Hure, die für ihre Arbeit nicht bezahlt wird.
Daß Hartman tot war, wußte ich mit Sicherheit, als ich in seine Hosentasche fuhr und den Schlüssel rausholte. Ich jauchzte: »Das ist er!«

Von nahem besehen ist ein Schlüssel ein Schlüssel. Das dachte Savitch auch und langte danach. Ich legte ihn in seine Hand und hakte mich den ganzen Weg zurück zu unserem gemieteten Oldsmobile Cutlass bei ihm unter. Er sagte: »Die Bank macht morgen früh um zehn auf. Punkt zehn sind wir da.«

»Ja.«

Wir hatten uns im Willis' Motor Court außerhalb Parsippanys an der Route 46 eingemietet. Es gab dicke Handtücher, Fernsehen in jedem Zimmer und ein Bett, das einem für einen Quarter eine Vibrationsmassage verkaufte. Für einen Flitterwochenausklang war dieses Zimmer so gut wie jedes andere.

Während Savitch die letzte Zigarette des Tages anzündete, kramte ich die Tarotkarten aus meiner Tasche, schloß die Augen und mischte die Karten einmal schnell durch. König der Schwerter umgekehrt. Der betraf mich. Da drunter war der Tod, eine gute Karte; das bedeutete eine Veränderung. Vor mir der Wagen. Sieg. Die Münzen Zehn stand für Reichtum. Und die letzte Karte, die ich ausgelegt hatte, war der Narr. Ein weiser Narr an dieser Stelle.

Das war ich, wenn alles klappte.

Sieg.

Ich beugte mich nach vorn und bürstete mein echtes Haar oben auf dem Kopf zusammen. Dort befestigte ich es mit einem Gummiband und steckte es mit Haarnadeln zu einem Knoten fest.

Mit so streng zurückgekämmtem Haar sah ich richtig klassisch aus, wie Audrey Hepburn oder so jemand. Nicht übel.

»Zieh die Klamotten aus.« Savitchs Augen waren leer. »Ich muß mich entspannen.«

»Was immer du sagst.« Ich hopste los, um die Bettdecken zurückzuschlagen, nahm dann beiläufig mein Kissen und legte es auf dem Weg ins Badezimmer auf den

Stuhl. Als ich nackt wieder herauskam, hielt Savitch den Block schon für mich bereit. Ich blieb ruhig stehen und sah an ihm vorbei, während er den Draht um meinen Hals wand und die Enden an meinen Gelenken festband. Dann legte ich mich aufs Bett, auf den Rücken, und wartete. Wenn er das Kissen vermißte und holte, ging mein Plan nicht auf. Aber da es meiner Bequemlichkeit diente und nicht seiner, beachtete er es nicht. Mein Haar war nicht im Weg, jetzt konnte mich nichts mehr daran hindern, mich so zu bewegen, wie ich es hunderte Male zu sanfter Rockmusik geübt hatte.

Er kniete sich zwischen meine Beine, zog sich wie immer die Hosen halb über die Oberschenkel und fing an. Das kannte ich, weil er es jedesmal so machte. Ich wußte ungefähr, wann er kam, und als ich in dem kurzen Moment Unaufmerksamkeit die verkürzte Ringschraube aus der Stange riß und meine rechte Hand befreite, konnte Savitch nicht reagieren. Zwei kurze Drehungen nach links und rechts, und ich hatte mir die Schlinge über den Kopf gezogen. Noch eine Drehung in die entgegengesetzte Richtung, und ich hatte sie ihm über den Kopf gestreift. Sie noch einmal drumzuwickeln und die Hebelwirkung besser auszunutzen war keine Zeit, deshalb mußte ich meine ganze Kraft in meine Handgelenke legen, als ich meine linke Hand gegen die Stange drückte und mit der rechten über seine Schulter stieß.

Savitch hatte noch eine Sekunde zu leben und konnte seine Augen weiter aufreißen als je zuvor. Dann schlitzte der Klavierdraht ihm die Kehle bis zur Wirbelsäule auf. Als das Blut aus den durchtrennten Halsschlagadern sprudelte und heiß in mein Gesicht spritzte, drehte ich den Kopf weg. Ich schmeckte es. Ich spuckte es aus.

Als es aufgehört hatte, aus dem klaffenden Loch zu strömen, zog ich mich aus dem Gestell und rollte Savitchs Körper von mir weg. Selbst tot war er immer noch sehr leicht.

Jetzt war ich also allein.
Ich schlüpfte unter die Dusche und ließ das Wasser so heiß, wie ich es aushalten konnte, laufen, bis ich alles abgewaschen hatte.
In Savitchs Brieftasche waren über achttausend, vierhundert in bar. Ich genehmigte mir das Bargeld, benutzte dann seine Streichhölzer, um alle Papiere, die ihn identifizieren konnten, zu verbrennen, und spülte die Asche weg. Die leere Brieftasche warf ich aufs Bett. Die konnte er behalten. Das bißchen, das ich brauchte, wanderte in den Rucksack.
Ich zog Jeans und Batik-T-Shirt an. Keine Perücke, kein Make-up. Ich mußte einen letzten Blick auf alles werfen, Savitchs Unterkörper wirkte seltsam weiß, nackt und sauber in seinen bluttriefenden Jeans. Sinnlos, ihm die Hosen hochzuziehen. An Selbstmord würde sowieso niemand glauben.
Mit dem Saum meines T-Shirts machte ich die Tür auf. Niemand sah, wie ich das Zimmer verließ und das »Bitte, nicht stören«-Schild an den Griff hing. Ich ging einfach an dem gemieteten Oldsmobile vorbei, an dem weder meine Fingerabdrücke waren noch sonst etwas, das auf mich hinwies, und dann raus auf die Auffahrt.
Zum ersten Mal in meinem Leben war ich froh, daß ich nicht schön bin. Niemand nahm von dem unscheinbaren Hippiemädchen Notiz, das mit dem Rucksack an der Route 46 entlangwanderte. Ich sprang in den ersten Bus, den ich sah, und fuhr mit bis zur Endstation.
Kurz nach Trenton nahm mich ein Laster aus Massachusetts mit. Wir sangen ein paar Woody-Guthrie-Songs zweistimmig, und nachdem er mir erzählt hatte, er sei verheiratet, offerierte ich ihm meine Muschi in der Koje hinter dem Sitz. Als er mich in Richmond rausließ, hatte ich nicht den Eindruck, daß er sich großartig über unsere Beziehung auslassen würde.
Ich trampte nach Süden und Osten, von Truck Stop zu

Truck Stop, und mußte nie länger als zwei Stunden warten, bis ich mitgenommen wurde. In Hattiesburg hatte ich meine Perücke und mein Make-up wieder drauf. Ich war wieder ich selbst und fühlte mich nicht schlecht.

Meine Wohnung war in einem saumäßigen Zustand. Ich hatte einen Stapel Geschirr im Becken stehen lassen, und das Essen darauf war ganz vertrocknet. Ich öffnete die Fenster, legte meine Donovan-Platte auf, wusch ab, machte die Küche sauber und trank ein bißchen Kool-Aid. Es schmeckte schal.

Die Briefe von Dennis waren immer noch auf der Kommode aufgestapelt, also setzte ich mich hin, um sie chronologisch zu ordnen. Ich vergrub sie in der untersten Schublade, unter dem schwarzen Nylonnegligé. Da klingelte das Telefon. Ich robbte bäuchlings übers Bett und nahm ab.

»Margie! Endlich!« Tommys Stimme.

»Hallo, Brüderchen. Alles in Butter.« Ich drehte mich um und warf die Schuhe ab.

»Wo bist du um alles in der Welt in den letzten zwei Wochen gewesen? Verdammte Scheiße, ich habe jeden Abend angerufen!«

Ich schob mir das Kissen unter den Kopf. »Hab mich rumgetrieben. Wie geht's dir?«

Die Spannung wich aus seiner Stimme. »Ich habe gute Neuigkeiten. In drei Monaten und vier Tagen bin ich raus aus diesem Scheißhaus.«

»Toll! Dann hab ich ne größere Wohnung und alles schön für uns eingerichtet.«

»Nur du und ich, was, Schwesterchen?«

»Genau. Jetzt ruht Dennis in Frieden, und wir brauchen niemanden mehr.«

»Father O'Hare war letzte Woche hier. Er fragt immer, wozu der Schlüssel ist.«

»Sag's ihm nicht.«

TONY FENNELLY BEI ROTBUCH

MORD AUF DER KLAPPE

»Mord auf der Klappe wurde innerhalb von drei Jahren zum Kultbuch nicht nur der schwulen Subkultur: Der Detektiv, ein witziges, stockschwules Urviech, stellt eine gelungene Alternative zu bekannten Konfektionsgrößen der Branche dar«. Düsseldorfer. »Bühne frei für einen der denkwürdigsten Kommissare seit langem.« Wiesbadener Kurier. »Bäh, was für ein ekliges Buch ...« Zitty

Rotbuch Taschenbuch 9

BÄRENDIENST

Matty Sinclair ist nicht ganz bei sich. Gegentliche Absencen suchen den schwulen Antiquitätenhändler und Gelegenheits-Privatdetektiv heim. Jemand hat sein Epilepsiemittel verdünnt. Er fürchtet das Schlimmste, vor allem für seine teuren Jacketkronen, wenn hilfreiche Passanten versuchen, ihm Keile zwischen die knirschenden Zähne zu treiben. Zudem findet sich die Leiche eines Grundstücksspekulaten im Schrank, mit der er justament zur Zeit seiner Weggetretenheit einen Termin gehabt hätte.

Rotbuch Taschenbuch 45

ROBINS HOCHZEIT

Eine Messalliance? Matty ist so was um die vierzig, handelt mit Antiquitäten, ist nicht unvermögend und kommt aus feinstem französischen New-Orleans-Adel. Robin ist so was um die achtzehn, sehr geschickt im Haushalt, hat keinen Penny und ein paar klitzekleine Jugendstrafen. Doch sie lieben sich seit Jahren. Robin würde das gern mit einem schlichten Versprechen vor dem Pfarrer besiegeln. Außerdem hätte Matty gerne einen Erben. Ersatzweise läßt er einem Neffen eine ausgesuchte und delikate Erziehung angedeihen. Zu Robins Kummer findet Matty die Idee mit der Kirche geschmacklos. Aber er denkt sich was Hübsches für seinen zartgliedrigen Geliebten aus ...

Rotbuch Taschenbuch 40

TONY FENNELLY BEI ROTBUCH

DER HIPPIE IN DER WAND

Die Sixties sind längst Geschichte. Die Helden haben graue Schläfen und fette Bankkonten. Wieder andere sind tot. So auch ein Mann, der als Skelett mit Hüfthosen, Batik T-Shirt und Friedenszeichen um den Hals beim Umbau eines Striplokals in New Orleans gefunden wird. Das Unternehmen Wüstensturm läuft auf allen Fernsehkanälen, während der schwarze Lieutenant Frank Washington und die Ex-Stripperin Cherry sich durch die Leichen im Keller von Vietnamveteranen, Gouverneurskandidaten und Karrierejuristen arbeiten. Das Louisiana, das sie dort ans Licht bringen, sieht nicht nach Southern Comfort aus.

Rotbuch Taschenbuch 70

DIE MATTY SINCLAIR TRILOGIE

Mord auf der Klappe

Bärendienst

Robins Hochzeit

Alle drei Matty-Sinclair-Krimis in einem Band!

Matty Sinclair, Antiquitätenhändler und Gelegenheits-Privatdetektiv mit versehentlichen heterosexuellen Abschweifungen, beherrscht die Szene in New Orleans. Kein Geheimnis bleibt ihm verborgen, kein Anblick erspart. Sein Revier erstreckt sich von der Herrentoilette im schwulen Sub bis zur Prachtvilla des feinsten französischen Stadtadels. Sein treuer Begleiter heißt Robin, ein zartgliedriger Geliebter, irgendsowas um die achtzehn, der ihm tatkräftig zur Hand, ab und zu an die Wäsche und manchmal ziemlich auf die Nerven geht.

»Diese drei Krimis haben Tony Fennelly zur Kult-Autorin gemacht.«

Ron P. Snow, *L.A.Chronicle*

»Whow!« Felicita Beach, *San Diego News*

Rotbuch Taschenbuch 74

KRIMIS BEI ROTBUCH

ELSA LEWIN · SOLO FÜR KLARINETTE

Anna ist fünfzig. Ihr Mann hat sie wegen einer Jüngeren verlassen. George ist Ende vierzig. Er ist seit acht Jahren geschieden. Seine Frau hat ihn nicht verstanden. Bernie ist um die fünfzig und Polizist. Seine Frau hat ihn aus der Wohnung geworfen und alles, was an ihn erinnert, entfernt. In New York knallen diese drei alleingelassenen Menschen in ihrer verzweifelten Suche nach einem letzten Zipfel Glück aufeinander. Der Tanz beginnt. Nur einer wird überleben. Elsa Lewin ist mit Solo für Klarinette ein Psychothriller der Spitzenklasse gelungen in der Tradition von Patricia Highsmith.

Rotbuch Taschenbuch 63

LIA MATERA · STUDENTENFUTTER

Willa Jansson studiert in San Francisco und ist auf dem Weg zu einem ausgezeichneten Examen. Die Jagd der Studenten auf die Jobs ist gnadenlos. Es winken karriereträchtige Wallstreetangebote oder fette Regierungsposten, selbst die liberalen Kanzleien wollen ein Sternchen im Abschluß. Eine Mordserie unter den Jahrgangsbesten erschüttert die Fakultät und hetzt Althippies, Karriereanwälte, Penner und zerstreute Professoren aufeinander. Willa Jansson sitzt im Auge des Taifuns als mögliches Opfer und Hauptverdächtige. Und dann verliebt sie sich auch noch in den politischen Gegner ...

Sara Paretsky und Sue Grafton haben Gesellschaft bekommen: »Lia Matera hat die Gabe für den ganz großen Durchbruch.« *Newsweek*

Rotbuch Taschenbuch 68

KRIMIS BEI ROTBUCH

PIEKE BIERMANN · HERZRASEN

Berlin, Mitte Februar 1992. »Jedenfalls kann ich *die* einfach *alle* nicht riechen!« raunzt KHK Roboldt, Detlev. Er meint die Ossis und ahnt noch nicht, daß er einen von ihnen verdammt gut riechen können wird.Der heißt auch Detlef, stammt aus Leipzig und ist schwarz – »muß es denn gleich beides sein?!« Sonst regieren die engen und kalten Herzen. Größe und Wärme sind rar in der deutschen Hauptstadt. Oder Handelsware, wie die ekligen Würste der Imbißbude Barbiecue zwischen Rosa-Luxemburg-Platz und Oranienburger Straße. Es stinkt vieles zum grauen Himmel. Ein Kind ist ermodet worden, die ost-westlichen Eltern sind verschwunden. Das MI/3 schlittert auf unbekanntem Grund durch dunkle, klamme Gegenden. Und wieder wird es die Anderen erwischen. Die MIGRÄNE hat die Nase voll von vielen, aber vor allem von einem, der seine Duftmarke allzu deutlich setzt. Und ausgerechnet der Erste Kriminalkommissar Lietze, Karin, träumt: »Die Polizei rufen. Sinnlos. Wozu. Gegen das hier?« Berlin ist größer geworden und enger.

Rotbuch Taschenbuch 80

JEROME CHARYN · DER GUTE BULLE

Als man den obersten Polizisten New Yorks fragt, ob die Stadt von der Mafia zu kurieren sei, antwortet er: »Es gibt nichts kurieren. Die Mafia ist Big Business. Aber sie wird nicht an der Börse notiert. Sie braucht keine Börse. Sie braucht nur Bürger, die von der Stadtverwaltung nicht bekommen, was sie brauchen.« Ein Bulle, der so spricht, lebt gefährlich. Ein paar Wochen später verhaftet ihn die Abteilung für polizeiinterne Angelegenheiten. Anklage: Korruption.

»Das ist das New York der Gegenwart, besser als Fegefeuer der Eitelkeiten. Es ist eine absolut schwarze, bewegende Vision.« *James Ellroy*

Rotbuch Taschenbuch 64

KRIMIS BEI ROTBUCH

ROGER L. SIMON · AUFERSTANDEN VON DEN TOTEN

Ein Auftrag mit eingebauter Identitätskrise: Gut abgehangener Altachtundsechziger, inzwischen BMW-Fahrer, als Jude geboren, aber selbstredend Atheist und strammer Antizionist – ausgerechnet er soll den Mann finden, der den Präsidenten der Arabisch-Amerikanischen Freundschaftsgesellschaft in San Francisco in die Luft gesprengt hat. Böses ahnend geht Moses nach Israel.

»Auferstanden von den Toten ist eine eiskalte tour de force durch Israels politische Hinterhöfe.« *Ross Thomas*

»Roger L. Simon ist absolut erstklassig.« *Robert B. Parker*

Rotbuch Taschenbuch 90

PACO IGNATIO TAIBO II · EIN PAAR WOLKEN

Er saß unter der letzten Palme auf dem hintersten Stuhl, trank ein Bier und puhlte Sand aus einem Haufen Muscheln. Unter dem Palmwedeldach der nahen Strandhütte spülte ein Mann in limonengrünem Hemd dreckige Gläser. Träge wehte die Melodie eines schmalzigen Boleros herüber. Hector Belascoarán Shayne, irisch-mexikanischer Privatdetektiv, ist einäugig, zieht ein Bein nach und hat überhaupt keine Lust, seinen Platz an der Sonne gegen den Großstadt-Dschungel von Mexico-City einzutauschen. Aber eine Freundin ist in Not geraten. Erben wollen die 200 Millionen Pesos, die ihr ermordeter Mann hinterließ, gleich mehrere. Vor allem ein alter Bekannter von Shayne macht seinem Spitznamen alle Ehre.

»Taibo ist einer der Pioniere des lateinamerikanischen Kriminalromans. Man sollte ihn nicht aus den Augen lassen.« *Manuel Vázques Montalbán*

Rotbuch Taschenbuch 89

KRIMIS BEI ROTBUCH

GAR ANTHONY HAYWOOD · SIE STERBEN JUNG

Im Ghetto von L. A. erschießt ein weißer Junge ohne ersichtlichen Grund in einer Kneipe zwei Schwarze. Es ist kurz vor den Wahlen in der Stadt. Aaron Gunner, schwarz, Ex-Polizist, Ex-Elektriker, wird mit vorgehaltener Waffe davon überzeugt, daß er in diesem Fall Privatdetektiv sein will. Was zuerst aussieht wie der Versuch, einen Rassenkrieg loszutreten, wird zweifelhaft, als der Attentäter als Leiche wieder auftaucht. Wer eigentlich sollte warum erschossen werden, und welche Interessen hat die martialische Truppe »Brüder der Willenskraft« an der ganzen Sache? Gar Anthony Haywood hat mit großer Insiderkenntnis Alltag und Fluch der schwarzen und hispanischen Viertel von L. A. erfaßt, die eigenwillige Geheimsprache der Straßenkids, ihre exzentrische gewalttätige Welt und die Gefahr, in die sich jeder Eindringling, ob schwarz oder weiß, begibt, wenn er zu viele Fragen stellt.

»Gar Anthony Haywood beginnt dort, wo alle Feierabendkrimi-Serien aufhören.« *Miss Vogue*

Rotbuch Taschenbuch 46

JEREMIAH F. HEALY III · GUTEN ABEND, GUTE NACHT

Der Fall ist glasklar: Eine Collegestudentin liegt erschossen im Keller. Ihr schwarzer Freund hält die rauchende Kanone in der Hand und gesteht seine Schuld, in einer Selbsterfahrungs- und Therapiegruppe. Der Privatdetektiv John Cuddy weiß eigentlich nicht, was er da noch tun soll, aber er schuldet einem alten schwarzen Freund einen Gefallen. Er fördert diverse Liebhaber des Opfers zutage, einen geschwätzigen Modepsychiater, einen schießwütigen Cop, einen bedröhnten Studenten, einen von Inzestbegierden geplagten Vater, alle mit wasserdichten Alibis. Doch dann bringt Cuddy etwas in Erfahrung, was dem Fall eine ungeahnte Wendung gibt ...

Rotbuch Taschenbuch 62

KRIMIS BEI ROTBUCH

MARK TIMLIN · DIE FRAU IM ROLLSTUHL

Es gibt ihn also doch, den zeitgenössischen, europäischen harten Privatdetektiv aus der amerikanischen Schule von Chandler und Hammet. Der Brite Mark Timlin hat ihn erfunden. Er heißt Nick Sharman, ist gefeuerter Ex-Bulle und war ein bißchen korrupt und kokainsüchtig. Jetzt säuft er nur noch und hat sein Büro in Londons wildem Süden.

Der Fall, den er untersuchen soll, ist alt, und alle Spuren sind erkaltet. Nur sein chronisch abgeräumtes Konto bewegt Nick Sharman dazu, ein Schrotflintenmassaker zu untersuchen. So richtig in die Gänge kommt er allerdings erst, als er beinahe Opfer eines Anschlags wird, zusammen mit seiner Tochter, auf die er als Wochenend-Scheidungsvater aufpassen soll. In der Glitzerwelt von Mayfair und auf den heruntergekommenen Straßen von Südlondon geht ihm allerhand verloren. Unter anderem die Frau seines Lebens, aber es wäre ohnehin nicht die erste gewesen.

Rotbuch Taschenbuch 83

YAAK KARSUNKE · TOTER MANN

Auf einer Künstlerfete gerät der Rundfunkmensch Volmar in eine Schlägerei, an eine Pistole und eine neue Freundin, und die will ihm dann gleich wieder jemand mit anonymen Pornophotos vermiesen. Auf der Suche nach den Spielverderbern verstrickt er sich in einer undurchsichtigen Seilschaft zwischen Puff und Fluchthilfe, zwischen Kreuzberg und Friedrichstraße. Für diesen schwarzen Roman über die kriminelle Vereinigung Berlin zwischen kalten Herzen und heißen Abrissen erhielt Yaak Karsunke eine silberne 44er Magnum-Patrone als Deutschen Krimipreis 1990.

Rotbuch Taschenbuch 41

KRIMIS BEI ROTBUCH

GRANT MICHAELS · ZUM STERBEN SCHÖN

Der beste Hairstylist in Boston, Stan Kraychik, liebt die Männer. Die Romanze seines Lebens beginnt knietief in einer LKW-Ladung ausgelaufener Haarspülung. Roger Fayerbrock, kalifornischer Park-Ranger, sieht einfach zu gut aus, ist beim nächsten Rendezvous aber leider schon mausetot und Stan Kraychik, der Kummer gewöhnt ist, steht unter Mordverdacht. Was bleibt ihm anderes, als Rogers wirklichen Mörder zu suchen. »Hinreißendes Debüt eines schwulen Friseurs, der noch in ganz anderen Dingen herumfingert als in Haaren. Äußerst vielversprechender Serienstart.« *George Baxt*

Rotbuch Taschenbuch 88

NORBERT KLUGMANN · FEUER UND FLAMINGO

Feuer ist Privatdetektiv und verliebt. Bei der Recherche in einem Nahrungsmittelskandal trifft er auf die Journalistin Laila: »Ist was?« Laila schmiegt sich an Feuer. Er schüttelt wild den Kopf. »Dann spar dir deine Traurigkeit für die postkoitale Phase auf und zieh dich aus. Licht oder Kerze? Ich hasse Kerzen.« Feuer schluckt und blickt um sich. »Eine mächtige Befeuerung. Wie auf dem Flughafen.« »Da kommt sie auch her«, sagt Laila, »aus Finkenwerder, wo alle Jubeljahre mal eine Maschine falsch runterkommt.« »Was runterkommt, muß erst mal hochgekommen sein«, murmelt Feuer.

Rotbuch Taschenbuch 61